U0565728

小说家的散文

李 洱 著

熟悉的陌生人

河南文艺出版社
·郑州·

作者简介

　　李洱，作家，1966年生于河南济源。曾在高校任教多年，现任职于中国现代文学馆，为郑州师范学院客座教授。著有长篇小说《花腔》《石榴树上结樱桃》《应物兄》等，以及《李洱作品集》（8卷）。长篇小说《应物兄》获得第十届茅盾文学奖。作品被译为英语、德语、法语、西班牙语、意大利语、韩语等在海外出版。

目录

辑三

从"李花腔"到"应物兄"

辑五

像飞鸟一样掠过天空

辑一　玫瑰就存在于玫瑰的字母之内

它来到我们中间寻找骑手

一种魔幻现实主义的味道,

就像芥末一样直呛鼻子

　　1985 年的暑假,我带着一本《百年孤独》从上海返回中原老家。它奇异的叙述方式一方面引起我强烈的兴趣,另一方面又使我昏昏欲睡。在返乡的硬座车厢里,我再一次将它打开,再一次从开头读起。马贡多村边的那条清澈的河流,河心的那些有如史前动物留下的巨蛋似的卵石,给人一种天地初开的清新之感。用埃利蒂斯的话来说,仿佛有一只鸟,站在时间的零点,用它的红喙散发着它的香甜。

　　但加西亚·马尔克斯的叙述速度是如此之快,有如飓风将尘土吹成天上的云团:他很快就把吉卜赛人带进了村子,各种现代化设施迅疾布满了大街小巷,民族国家的神话与后殖民理论转眼间就展开了一场拉锯战。《裸者与死者》的作者梅勒曾经感叹,他费了几十页的笔墨才让尼罗河拐了一个弯,而马尔克斯只用一段文字就可以写出一个家族的兴衰,并且让它的子嗣长上了尾巴。这样一种写法,与《金瓶梅》《红楼梦》所构筑的中国式的家族小说显然不同。在中国小说中,我们要经过多少回廊才能抵达潘金莲的卧室,要有多少儿女情长的铺垫才能看见林黛玉葬花的一幕。当时我并不知道,一场文学上的"寻根革命"因为这本书的启发正在酝酿,并在当年稍晚一些时候蔚为大观。

捧读着《百年孤独》,窗外是细雨霏霏的南方水乡,我再次感到了昏昏欲睡。我被马尔克斯的速度拖垮了,被那些需要换上第二口气才能读完的长句子累倒了。多天以后,当我读到韩少功的《爸爸爸》的时候,我甚至觉得它比《百年孤独》还要好看,那是因为韩少功的句子很短,速度很慢,掺杂了东方的智慧。可能正是这个原因,当时有些最激进的批评家甚至认为,《爸爸爸》可以与《百年孤独》比肩,如果稍矮了一头,那也只是因为《爸爸爸》是个中篇小说。我还记得,芝加哥大学的李欧梵先生来华东师大演讲的时候,有些批评家就是这么提问的。李欧梵先生的回答非常干脆,他说,不,它们还不能相提并论。如果《百年孤独》是受《爸爸爸》的影响写出来的,那就可以说《爸爸爸》足以和《百年孤独》比肩。这个回答非常吊诡,我记得台下一片叹息。

我的老家济源，常使我想起《百年孤独》开头时提到的场景。在我家祖居的村边有一条名叫沁水的河流，"沁园春"这个词牌名就来自这条河，河心的那些巨石当然也如同史前动物的蛋。每年夏天涨水的时候，河面上就会有成群的牲畜和人的尸体。那些牲畜被排空的浊浪抛起，仿佛又恢复了它的灵性，奔腾于波峰浪谷。而那些死人也常常突然站起，仿佛正在水田里劳作。这与"沁园春"这个词牌所包含的意境自然南辕北辙。我在中国的小说中并没有看到过关于此类情景的描述，也就是说，我从《百年孤独》中找到了类似的经验。我还必须提到"济源"这个地名。济水，曾经是与黄河、长江、淮河并列的四条大河之一，史称"四渎"，即从发源到入海，激滟万里，自成一体。济源就是济水的发源地，但它现在已经干涸，在它的源头只剩下一条窄窄的臭水沟，一丛蒲公英就可以从河的这一岸蔓延到另一岸。站在一条已经消失了的河流的源头，当年百舸争流、渔歌唱晚的景象真是比梦幻还要虚幻，一个初学写作者紧蹙的眉头仿佛在表示他有话要说。

　　事实上，在漫长的假期里，我真的雄心勃勃地以《百年孤独》为摹本，写下了几万字的小说。我虚构了一支船队顺河漂流，它穿越时空，从宋朝一直来到 20 世纪 80 年代，有如我后来在卡尔维诺的一篇小说《恐龙》里看到的，一只恐龙穿越时空，穿越那么多的平原和山谷，径直来到 20 世纪的一个小火车站。但这样一篇小说，却因为我祖父的一次谈话而有始无终了。

假期的一个午后，我的祖父来找我谈心，他手中拿着一本书。他把那本书轻轻地放到床头，然后问我这本书是从哪里搞到的。就是那本《百年孤独》。我说从图书馆借的。我还告诉他，我正要模仿它写一部小说。我的祖父立即大惊失色。这位延安时期的马列学员，到了老年仍然记得很多英文和俄文单词的老人，此刻脸涨得通红，在房间里不停地踱着步子。他告诉我，他已经看完了这本书，而且看了两遍。我问他写得好不好，他说，写得太好了，这个人好像来过中国，这本书简直就是为中国人写的。但是随后他又告诉我，这个作家幸好是个外国人，他若是生为中国人，肯定是个大右派，因为他天生长有反骨，站在组织的对立面；如果他生活在延安，他就要比托派还要托派。"延安""托派""马尔克斯""诺贝尔文学奖""反骨""组织"，当你把这些词串到一起的时候，一种魔幻现实主义的味道就像芥末一样直呛鼻子了。

"把你爸爸叫来。"他对我说。我的父亲来到的时候，我的祖父把他刚才说过的话重新讲了一遍。我父亲将信将疑地拿起那本书翻了起来，但他拿起来就没有放下，很快就津津有味地看了进去。我父亲与知青作家同龄，早年也写过几篇小说，丰富的生活一定使他从中看到了更多的经验，也就是说，在他读那本书的时候，他是身心俱往的，并且像祖父一样目夺神移。不像我，因为经验的欠缺，注意的只是文学技巧和叙述方式。我的祖父对我父亲的不置一词显然非常恼火。祖父几乎吼了起来，他对我父亲说："他竟然还要模仿人家写小说,太吓人了。他要敢写这样一部小说,咱们全家都不得安宁,都要跟着他倒大霉了。"

我会写下这一切,
将它献给沉睡中的祖父

祖父将那本书没收了,并顺手带走了我刚写下的几页小说。第二天,祖父对我说:"你写的小说我看了,跟人家没法比。不过,这也好,它不会惹是生非。"我的爷爷呀,你可知道,这是我迄今为止听到的对我的小说最为恶劣的评价?祖父又说:"尽管这样,你还是换个东西写吧。比如,你可以写写发大水的时候,人们是怎样顶着太阳维修河堤的。"我当然不可能写那样的小说,因为就我所知,在洪水漫过堤坝的那一刻,人们纷纷抱头鼠窜。

当然,有些事情我倒是很想写一写的,那就是洪水过去之后,天上乱云飞渡,地上烂泥腥臭,河滩上的尸体在烈日下会发出沉闷的爆炸声,不是"轰"的一声响,而是带着很长的尾音,"噗——"。奥登在一首诗里说,这是世界毁灭的真实方式:它不是"砰"的一声,而是"噗——"。两年以后,我的祖父去世了。我记得合上棺盖之前,我父亲把一个黄河牌收音机放在了祖父的耳边。从家里到山间墓地,收音机里一直在播放党的十三大即将召开的消息,农民们挥汗如雨要用秋天的果实向十三大献礼,工人

7

们夜以继日战斗在井架旁边为祖国建设提供新鲜血液。广播员激昂的声音伴随着乐曲穿过棺材在崎岖的山路上播送,与林中乌鸦呱呱乱叫的声音相起伏——这一切,多么像是小说里的情景,它甚至使我可耻地忘记了哭泣。但是二十年过去了,关于这些场景,我至今没写过一个字。当各种真实的变革在谎言的掩饰下悄悄进行的时候,我的注意力慢慢集中到另外的方面。但我想,或许有那么一天,我会写下这一切,将它献给沉睡中的祖父。而墓穴中的祖父,会像马尔克斯曾经描述过的那样,头发和指甲还在生长吗?

据说马尔克斯不管走到哪里都要带上博尔赫斯的小说。马尔克斯是用文学介入现实的代表,而博尔赫斯是用文学逃避现实的象征。但无论是介入还是逃避,他们和现实的紧张关系都是昭然若揭的。在这一点上,中国读书界或许存在着普遍的误读。马尔克斯和博尔赫斯,对 20 世纪 80 年代中期以后的中国文学产生了巨大的影响。对知青文学和稍后的先锋文学来说,他们是两尊现代和后现代之神。但这种影响主要是叙述技巧上的。就像用麦芽糖吹糖人似的,对他们的模仿使“85 新潮”以后的中国小说迅速成形,为后来的小说提供了较为稳固的“物质基础”。但令人遗憾的是,马尔克斯和博尔赫斯与现实的紧张关系,即他们作品中的那种反抗性,并没有在模仿者的作品中得到充分的表现。

当博尔赫斯说“玫瑰就存在于玫瑰的字母之内,而尼罗河就在这个词语里滚滚流淌"的时候,"玫瑰"就在舟楫上开放,沉舟侧畔病树枯死。而说博尔赫斯的小说具有反抗性,这似乎让人难以理解,但是,那一尘不染的文字未尝不是出于对现实的拒绝和反抗,那精心构筑的迷宫未尝不是出于对现实的绝望,它是否定的启示,是从迷宫的窗户中伸向黑夜的一只手,是薄暮中从一炷香的顶端袅袅升起的烟雾。也就是说,在博尔赫斯笔下,"玫瑰"这个词语如同里尔克的墓志铭里所提到的那样,是"纯粹的矛盾",是用介入的形式逃避,用逃避的形式介入。

这也就可以理解,博尔赫斯为什么向往边界生活?经常在博尔赫斯的玫瑰街角出现的,为什么会是捉对厮杀的硬汉?硬汉手中舞动的为什么会是带着血槽的匕首?我非常喜欢的诗人帕斯也曾说过,"博尔赫斯以炉火纯青的技巧,清晰明白的结构对拉丁美洲的分散、暴力和动乱提出了强烈的谴责"。如果博尔赫斯的小说是当代文学史上的第一只陶罐,那么它本来也是用来装粮食的,但后来者往往把这只陶罐当成了纯粹的手工艺品。还是帕斯说得最好,他说一个伟大的诗人必须让我们记住,我们是弓手,是箭,同时也是靶子,而博尔赫斯就是这样一个伟大的诗人。

我曾经是博尔赫斯的忠实信徒,并模仿博尔赫斯写过一些小说。除了一篇小说,别的都没能发表出来,它们大概早已被编辑们扔进了废纸篓。虽然后来的写作与博尔赫斯几乎没有更多的关系,但我还是乐于承认自己从博尔赫斯的小说里学到了一些基本的小说技巧。对初学写作者来说，博尔赫斯有可能为你铺就一条光明大道，他朴实而奇崛的写作风格，他那极强的属于小说的逻辑思维能力，都可以增加你对小说的认识，并使你的语言尽可能的简洁有力，故事尽可能的有条不紊。

但是，对于没有博尔赫斯那样智力的人来说，他的成功也可能为你设下一个万劫不复的陷阱，使你在误读他的同时放弃跟当代复杂的精神生活的联系，在行动和玄想之间不由自主地选择不着边际的玄想，从而成为一个不伦不类的人。我有时候想，博尔赫斯其实是不可模仿的，博尔赫斯只有一个。你读了他的书，然后离开，只是偶尔回头再看他一眼，就是对他最大的尊重。我还时常想起，在1986年秋天发生的一件小事。中国的先锋派作家的代表人物马原先生来上海讲课。当时，我还是一个在校学生，我小心翼翼地向马原先生提了一个问题，问博尔赫斯在何种程度上影响了他的写作，他对博尔赫斯的小说有着怎样的看法。我记得马原先生说，他从来没有听说过博尔赫斯这个人。当时小说家格非先生已经留校任教，他在几天之后对我说，马原在课下承认自己说了谎。或许在那个时候，博览群书的马原先生已经意识到，博尔赫斯有可能是一个巨大的陷阱。

昆德拉还是一个重要的跳板，
一个重要的跷跷板

　　韩少功先生翻译的《生命中不能承受之轻》在相当长的时间里曾经是文学青年的必读书。但时过境迁，我已经不再喜欢米兰·昆德拉的饶舌和扬扬自得，因为我从他的饶舌与扬扬自得之中读出了那么一些——我干脆直说了吧，读出了一些轻佻。在以消极自由的名义下，与其说"轻"是不可承受的，不如说是乐于承受的。而在"重"的那一面，你从他的小说中甚至可以读出某种"感恩"，那是欢乐的空前释放，有如穿短裙的姑娘吃了摇头丸之后在街边摇头摆尾——与其相关，我甚至在昆德拉的小说中读出了某种"女里女气"的味道。更重要的是，所谓的"道德延期审判"甚至有可能给类似语境中的写作者提供了某种巧妙的说辞，一种美妙的陈词滥调。

　　但我仍然对昆德拉保留着某种敬意。经由韩少功先生，昆德拉在中国的及时出现，确实提醒中国作家关注自身的语境问题。如果考虑那个时候的中国作家正丢车保卒般地学习罗伯·格里耶和博尔赫斯的形式迷宫，即如何把罗伯·格里耶对物象的描写转变为单纯的不及物动词，把隐藏在博尔赫斯的"玫瑰"那个词当中的尼罗河那滚滚波涛转变为寸草不生的水泥迷宫，我们就有必要对昆德拉的出现表示感激。而且据我所知,关于"个人真实性"的问题,即便在此之前有过哲学上的讨论,那也仅仅是在哲学领域悄悄进行,与文学和社会学没有更多的关联。因为昆德拉的出现,个人真实性及其必要的限度问题,才在中国有了公共空间之内的讨论、交流和文学表达的可能。

昆德拉还是一个重要的跳板,一个重要的跷跷板。他的同胞哈韦尔经由崔卫平女士翻译,在稍晚一些时候进入中国读者的视域。当然,哈韦尔在1989年的"天鹅绒革命"中的粉墨登场——如同约瑟夫·K进入了城堡,戈多突然出现在了流浪汉面前——也加速了他在中国的传播。虽然伊凡·克里玛说过"政治"一直是哈韦尔激情的重心,但我并不认为哈韦尔在此之前的写作、演讲和被审讯,是围绕着那个重心翩翩而起的天鹅舞。我读过能找到的哈韦尔的所有作品,他的随笔和戏剧。与贝克特等人的戏剧相比,他的戏剧的原创性自然要大打折扣,但我感兴趣的是他对特殊的语境的辨析能力,以及辨析之后思想的行动能力。在失去发展的原动力而只是以僵硬的惯性向前滑动的后极权制度下,恐怕很少有人能像哈韦尔那样如此集中地体会到生活的荒诞性。

吃盐不成,不吃盐也不成;走快了要出汗,走慢了要着凉;招供是一种背叛,不招供却意味着更多的牺牲——这是自加缪的《正义者》问世以来,文学经验的一个隐蔽传统。哈韦尔自然深知其味。人性的脆弱、体制的谎言性质以及反抗的无能，共同酿就了那杯窖藏多年的慢性毒酒——更多的时候，人们有如身处埃舍尔绘画中的楼梯而不能自拔。哈韦尔品尝到了这杯慢性毒酒的滋味。他并没有因为上帝发笑就停止思索，也没有因为自己发笑就再次宣布上帝死了。他致力于像刺穿脓包似的穿透其中的荒诞感，并坚持使用正常和严肃的方式来对待这个世界。然而，令人感到奇怪的是，昆德拉的小说可以在中国大行其道，并塞满出版商的腰包，但一个以正常和严肃的行为方式对待世界的哈韦尔却只能以"地下"的方式传播。我知道许多人会说这是因为哈韦尔后来在世俗意义上的"成功"使然，但我们不妨换个方式来思考这个问题：对一个越来越不严肃的时代来说，严肃的思维和行为方式仿佛就是不赦之罪。

卡夫卡与荒诞派戏剧所造就的文学经验，在哈韦尔的随笔和戏剧中得到了传承。对后来的写作者来说，哈韦尔其实开辟了另外一条道路，即对复杂语境中的日常生活事实的精妙分析。路边的标语牌，水果店门前的条幅，啤酒店老板的絮语，这些日常生活中常见的景象，都成了哈韦尔表达和分析的对象。当恐惧成为悬在人们头上的达摩克利斯之剑，公众的注意力就会集中在水果、蔬菜等消费品上面，公众的道德水准就会降低到"生物学的蔬菜的水平"。哈韦尔提请我们注意店前的那幅标语牌，上面写的往往是不着边际的主流话语，是一种指向乌托邦的不切实际的宏大叙事,而水果店的老板和前来购买美国苹果的人,谁都不会朝这条标语多看一眼。当一种约定俗成的虚假社会规范或者说"潜规则"大行其道的时候,个人生活的真实性就被吸尘器抽空了。

哈韦尔的文字只要能看到的,我几乎都喜欢。这并不是因为哈韦尔不光解释了世界而且部分地改变了世界,而是我从他的文字中能够看到一种贴己的经验,包括与个人经验保持距离的经验。随着中国式市场经济的发展,我们会越来越清楚地感受到哈韦尔身上所存在的某种预言性质。至少在目前这个如此含混、暧昧和复杂的历史性时刻,在反抗者要么走向妥协,要么与他所反抗的对象变得如孪生兄弟般相像的时刻,哈韦尔的意义只会更加凸现。

虽然在中国的语境中,历史尚未终结,历史的活力依然存在,但是故事的消失却似乎已经成了必然。完整地讲述一个故事所必须依赖的人物的主体性以及主体性支配下的行动,在当代社会中已经不再具备典型意义,它只能显得虚假和做作,充其量只配当作肥皂剧的脚本。即便是哈韦尔这样传奇的人,他戏剧中的故事也不再有莎士比亚的故事那样跌宕起伏——我们都像布罗茨基所说的那样,生活在一个二流的时代,要么是二流时代的忠实臣子,要么是它的逆臣。

它是一种讲述，也是一种探究

当代小说，与其说是在讲述故事的发生过程，不如说是在探究故事的消失过程。传统小说对人性的善与恶的表现，在当代小说中被置换成对人性的脆弱和无能的展示，而在这个过程中，叙述人与他试图描述的经验之间，往往构成一种复杂的内省式的批判关系。无论是昆德拉还是哈韦尔，无论是索尔·贝娄还是库切，几乎概莫能外。

当然，这并不是说马尔克斯式的讲述传奇式故事的小说已经失效，拉什迪的横空出世其实已经证明，这种讲述故事的方式在当代社会中仍然有它的价值。但只要稍加辨别，就可以发现马尔克斯和拉什迪这些滔滔不绝的讲述故事的大师，笔下的故事也发生了悄悄的转换。在他们的故事当中，有着更多的更复杂的文化元素。以拉什迪为例，在其精妙绝伦的短篇小说《金口玉言》中，虽然故事讲述的方式似乎并无太多新意，但故事讲述的却是多元文化相交融的那一刻带给主人公的复杂感受。在马尔克斯的小说中，美国种植园主与吉卜赛人以及西班牙的后裔之间也有着复杂的关联。急剧的社会动乱、多元文化之间的巨大落差、在全球化时代的宗教纠纷，使他们笔下的主人公天然地具备了某种行动的能力，个人的主体性并没有完全塌陷。他们所处的文化现实既是历时性的，又是共时性的，既是民族国家的神话崩溃的那一刻，又是受钟摆的牵引试图重建民族国家神话的那一刻。而这几乎本能地构成了马尔克斯和拉什迪传奇式的日常经验。

我个人倾向于认为，可能存在着两种基本的文学潮流，一种是马尔克斯、拉什迪式的对日常经验进行传奇式表达的文学，一种是哈韦尔、索尔·贝娄式的对日常经验进行分析式表达的文学。近几年，我的阅读兴趣主要集中在后一类作家身上。我所喜欢的俄国作家马卡宁显然也属于此类作家——奇怪的是，这位作家并没有在中国获得应有的回应。在这些作家身上，人类的一切经验都将再次得到评判，甚至连公认的自明的真理也将面临着重新的审视。他们虽然写的是没有故事的生活，但没有故事何尝不是另一种故事？或许，在马尔克斯看来，这种没有故事的生活正是一种传奇性的生活。谁知道呢？我最关心的问题是，是否存在一种两种文学潮流相交汇的写作，即一种综合性的写作？我或许已经在索尔·贝娄和库切的小说中看到了这样一种写作趋向。而对中国的写作者来说，由于历史的活力尚未消失殆尽，各种层出不穷的新鲜的经验也正在寻求着一种有力的表达，如布罗茨基所说，"它来到我们中间寻找骑手"，我们是否可以说有一种新的写作很可能正在酝酿之中？关于这个话题，我可能会有更多的话想说，因为它在相当长一段时间内成了我思维交织的中心，最近对库切小说的阅读也加深了我的这种感受。但这已经是另外一个话题了,是另一篇文章的开头。我只是在想,这样一种写作无疑是非常艰苦的,对写作者一定提出了更高的要求。面对着这样一种艰苦的写作,从世界文学那里所获得的诸多启示,或许会给我们带来必要的勇气和智慧。

我再一次想起了从祖父的棺材里传出来的声音,听到了山林中的鸟叫。我仿佛也再次站到了一条河流的源头,那河流行将消失,但它的波涛却已在另外的山谷回响。它是一种讲述,也是一种探究;是在时间的缝隙中回忆,也是在空间的一隅流连。

2004 年 7 月 18 日

熟悉的陌生人

在辨析中探明意义

大约在 2003 年，我第一次读到库切的小说《耻》。他虽然获得了诺贝尔文学奖，但他在中国却注定是个被冷落的作家。事实上，除了马尔克斯，最近几十年的库切的"诺贝尔奖同事们"，在中国都"享有"此类命运。其中原因非常复杂，可以做一篇长文。

我想，最重要的原因可能是，中国读者喜欢的其实是那种简单的作品，并形成了顽强的心理定式，即单方面的道德诉求和道德批判。那种对复杂经验进行辨析的小说，我们的读者并不喜欢。这当然不值得大惊小怪。在日常生活之中，我们已经被那种复杂的现实经验搞得头昏脑涨，所以有理由不进入那些以经验辨析取胜的小说。问题是，现代小说对读者的一个基本要求，就是你应该在辨析中探明意义。

库切的文字如此明晰、清澈，但他要细加辨析的经验却是如此的复杂、暧昧、含混。以《耻》和《彼得堡的大师》为例，这两部作品的主题中国读者都不会感到太陌生，只要稍加引申，你便可以在中国找到相对应的现实经验，所以许多人阅读库切的小说可能会有似曾相识之感。对经验进行辨析的作家，往往是"有道德原则的怀疑论者"。如果失去了"道德原则"，你的怀疑和反抗便与《彼得堡的大师》中的涅恰耶夫没有二致。

顺便说一句，涅恰耶夫的形象，我想中国人读起来会觉得有另一种意义上"熟悉的陌生感"：经验的"熟悉"和文学的"陌生"（缺失）。小说对陀思妥耶夫斯基的形象塑造，并没有什么更多的新意，它只是库切进行经验辨析时的道具。书中所说的"彼得堡的大师"与其说是指陀氏，不如说是指陀氏的儿子巴威尔和涅恰耶夫。这两个人都是大师：巴威尔以自杀而成就烈士之名，涅恰耶夫以穷人的名义进行革命活动，当然都是大师。当然，真正的大师还是库切，因为他们都没能逃脱库切的审视。

库切的基本立场

在对汉语写作的现状进行指责的时候，有很多批评家喜欢将陀思妥耶夫斯基和托尔斯泰抬出来，以此指出汉语写作的诸多不足。但是隔着两个世纪的漫漫长夜，任何一位当代作家都不可能再写出那样的作品，这应该是一个起码的常识。即便写出来，那也只能是一种虚假的作品，显得矫揉造作。读库切的《彼得堡的大师》，我最感到震惊的是他对少女马特廖莎的塑造。这样一个人物形象，令人想起陀氏笔下的阿辽沙、托尔斯泰笔下的娜塔莎、帕斯捷尔纳克笔下的拉里莎，以及福克纳笔下的黑人女佣，他们是大地上生长出来的未经污染的植物，在黑暗的王国熠熠闪光，无须再经审查。但是，且慢，就是这样一个少女，库切也未轻易地将她放过。可以说，书中很重要的一章就是"毒药"这一章：这个少女的"被污辱"和"被损害"，不是因为别人，而是因为那些为"穷人"和"崇高的事业"而奔走的人，她进而成为整个事件中的关键人物，本人即是"毒药"。

从这里或许可以看出文学的巨大变化。陀思妥耶夫斯基和托尔斯泰看到这一描述，是否会从梦中惊醒？我想，它表明了库切的基本立场：一切经验都要经审视和辨析，包括陀氏和托氏的经验，包括一个未成年少女的经验——除非你认为他们不是人类的一部分。

库切书中提到一个"吹响骨笛"的故事：风吹遗骸的股骨，发出悲音，指认着凶手。读库切的书，就像倾听骨笛，有一种刻骨的悲凉，如书中写到的彼得堡灰色的雪。其实，"凶手"如那纷飞的雪粉一样无处不在，包括少女马特廖莎，也包括陀思妥耶夫斯基，甚至也包括未出场的托尔斯泰。还有一个人或许不能不提,他就是库切——他粉碎了人们残存的最后的美妙幻想,不是"凶手"又是什么? 当然,这个"怀疑论者"也会受到怀疑。只要那怀疑是有"道德原则"的怀疑,它就是有价值的,库切也不枉来到中国一场。

文学是个野餐会

《应物兄》出版以后,编辑要把样书送我。我说,别跑了,见面了再给不迟。我是在首发式上,与媒体朋友同时看到样书的。在场的朋友问我,对读者有什么要求。我说:"我写了十三年,读者如果能读十三天,我就满足了。十三天不行,三天行不行? 三天不行,三个小时行不行? 读了三个小时,如果你觉得没意思,那就扔了它。"

写作,仿佛是在黑暗的隧道中摸索。其中的艰辛,你虽然不比别人少,但也不比别人多。所以我总觉得,讲述自己的创作过程,完全没有必要。如果你觉得苦,觉得累,不写就是了,又没人逼你写。

你写了那么多,说明你不仅有苦有累,也有欢欣。那欢欣倒不是所谓的名利。一个写东西的人,又能有多少名利呢? 而且,说到底,名利都是身外之物。我想,所谓的欢欣,只不过是你说出了自己想说的话,也替笔下人物说了一些话。借用鲁迅先生的话,算是从泥土中挖了一个小孔。

艾柯的一个比喻是我喜欢的:文学是个野餐会,作者带去符号,读者带去意义。作者从隧道中爬出的那一刻,他要捂住双眼,以免被阳光刺瞎。他从黑暗中伸出手,渴望那些智慧读者牵着他,把他带到野餐会。在那里,读者如果觉得某道菜好吃,那首先是因为读者味蕾发达,而且口味纯正。如果能够遇到这样的读者,是作者的幸运。作者总是在寻找自己的读者,就像鸟在寻找笼子。

不断有朋友问我,下一步小说要写什么。在漫长的写作期间,我确实记下了很多关于未来小说的设想,也不断回想着写作中篇小说和短篇小说时的那种愉快:你在较短时间内就可以呈现一种感觉,一种观念,一种梦想。但我属于那种想得多、写得少的人。我甚至想过,如果某个构思,别人要能帮我完成那该多好,那样我就不需要亲自动笔了。所以,我现在首要的工作是阅读。我得看看,我的哪些想法,别人已经替我完成了。

——说得已经够多了,应该马上住嘴。

2019 年 3 月

汉语写作的荣幸
——谈张炜

　　我事先跟张清华老师说，我不来了。因为张炜老师的创作量太大了，我看得很有限，说什么都是"盲人摸象"。但想了想，我还是来了。如果摸到了象蹄上，希望张炜老师不要踢我。

　　我只看过张炜老师的三部小说，《古船》、《家族》和《艾约堡秘史》，印象深刻，极为深刻。我前一段时间看完《艾约堡秘史》以后，还给张清华老师打过电话，谈我对这部作品的感受。我当时说，没想到啊，张炜老师笔力仍然如此雄健，宝刀未老。读这三部小说，我最突出的感受就是，张炜的小说都是张炜写的——张炜是有强烈的道德主义倾向、强烈的理想主义倾向、强烈的主体性的作家。

　　我想起我最早看《古船》的时候，当时我从上海回到河南，我发现河南的朋友都在看杂志上刊登的《古船》。我的一个朋友，现在是浙江文艺出版社的负责人曹元勇，他在杂志上勾勾画画，做了很多评点,还做了很多笔记。他强烈地向我推荐张炜。

我把杂志拿走看了以后,强烈感受到这部小说跟我当时在上海看到的所谓现代主义小说差别非常大,理解了为什么河南作家那么喜欢《古船》。大家都知道,当时阿城他们提出"文化寻根"的时候,提到了儒、道。我觉得如果说在寻根运动当中有什么突出的文学成果的话,那么《古船》就是其中之一。其中的隋抱朴和见素给我留下的印象非常深。儒道文化在《古船》这里,不是作为观念,而是作为人物形象存在于文本中的。三十年后再看《艾约堡秘史》,我能够感受到张炜这么多年来,他的精神世界是非常稳定的。张炜是真正的儒道互补,抱朴见素。在纷纭变化的当代,张炜的价值观稳如磐石。

刚才陈晓明老师,包括西川,都提到张炜受俄罗斯文学的影响。我对此深有同感。我们谈到俄罗斯文学,通常说的是19世纪的俄罗斯文学。但如果让我在俄罗斯文学当中选一个人,来和张炜做比较,我选的这个人可能是蒲宁。蒲宁是批判现实主义向现代主义过渡的一个人物。蒲宁也是一个具有强烈的道德主义倾向的作家,我们看他的《从旧金山来的绅士》,就可以明显地感受到他对商品经济、对资本主义那套东西是非常厌恶的,他有强烈的批判意识,同时他的批判最后又导致他的无家可归。蒲宁对大自然的描写,与一般的俄国作家,比如屠格涅夫、契诃夫也不同,他不铺张,很俭省。这一点在张炜那里也可以感受到。蒲宁似乎是俄罗斯文学转换期的作家。我想特别说明的一点是,所有处于转换枢纽的作家,都是大作家。蒲宁如此,张炜也是如此,他们同时踏入了两条河流。

张炜的小说人物,吸附着太多的文化内涵。在张炜的小说世界里,在张炜小说中抱朴这样的人物形象里面,你可以感受到,他笔下的农民,不像个农民。他在老磨坊里面不停地思考问题,不近女色,脱离肉身。看上去好像非常奇怪,但是他的想法却有一系列非常严肃的逻辑,虽然形式上是逻辑,但本质是混乱的。比如,他们读古书,读《共产党宣言》,试图找到一条道路,从苦闷中走出来,却越陷越深。我想,这首先意味着,张炜在他非常年轻的时候,二十多岁的时候,已经对中国传统文化的儒道思想做了非常严肃的探讨。

那么,小说中的人物会走向归隐吗?哎哟,归隐又岂能实现。很多时候,归隐几乎可以看成一种思想艺术,当然更是行为艺术。这方面最有名的人物就是陶渊明。陶渊明其实是无法归隐的。陶渊明在南山之下,搞一把无弦琴弹来弹去,情绪是很大的,实际上相当于摇滚中年。所以在中国,历史上的归隐,大都可疑。中国进入1949年以后,归隐更是一种艺术。连陶渊明都无法归隐,抱朴或者见素,包括淳于宝册,你怎么归隐?所以我们看到,淳于宝册的归隐,只是归隐到他自己创造的艾约堡里面。抱朴们在不停地勘探,在老磨坊里沉思,在葡萄园里沉思,三十年后,他们又在艾约堡里沉思、叹息，而且照样几乎不近女色。抱朴和淳于宝册两个形象，三十年后，合二为一了。一股脑儿地，张炜用自己的妙笔，将他们"存于宝册"，存于文学史册。在这里，田园变成了堡垒，桑田变成了自缚的茧，而他们的灵魂飞进飞出，其实是一直处于某种悬浮状态。张炜非常突出地写了这种既倾心于中国传统文化，同时又在资本经济中辗转反侧的一种状态，一种悬浮的状态。试想一下，中国人如今是不是经常处于这样一种状态？我想，这是张炜的贡献。

看看张炜写出的这些农民新形象吧，看看这些"土八路"如何在思考吧。他们也不得不思考，因为他们的命运一直被摆布着，在个人命运与国家命运的交织中，他们不能不思考。我们一般认为中国的农民是不思考的，是不会思考问题的，但是张炜笔下的农民全部在思考问题。记得有一次，我翻开《文艺报》，突然看到张炜写的一篇文章，一下子使我对张炜的理解又加深了。他说，他看到一个画家画的水牛，便问这个画家为什么不画黄牛。这个画家说，在中国画里面的牛全部是水牛，因为水牛的肚子比较大，角比较长，又有水，又有芦苇，所以水牛可以入画，而黄牛无法入画。张炜的小说第一次让"黄牛"入画了，他让农民开始在老磨坊里说话，在做出类似于哈姆雷特式的一种思考。我为张炜让农民说话、让农民思考、让黄牛说话而喝彩。或许在很多年之后，张炜在这方面的意义才能够被充分认识到。我们知道，我们是不让农民说话的、不让农民思考的。

时间有限，我再只说一点，那就是张炜与他笔下的人物的关系，好像也值得一说。你能够感觉到，张炜是在俯瞰芸芸众生，俯瞰他笔下人物的痛苦，他跟笔下的人物保持着某种间距。这样做的好处有很多，在叙事上可以获得一些便利。张炜本人因此能够逃脱一些痛苦。所以，我想，在叙事上，张炜是既入乎其内，又出乎其外。这也使得张炜永远显得十分年轻，跟我十年前见他一样年轻。《古船》开头写道："我们的土地上有过许多伟大的城墙。它们差不多和我们的历史一样古老。"谈到张炜和一代作家，也可以这么说，我们这个国家有许多伟大的作家，他们像历史一样古老，也像历史一样年轻。这是汉语写作的荣幸。

谢谢张炜老师。

2019 年 5 月 18 日

本文系作者在"张炜创作四十周年学术研讨会"上的发言

点亮夜空的《朝霞》

——谈吴亮新作

吴亮回来了

读者朋友需要知道吴亮。中国"先锋文学""先锋艺术"的概念是谁创造的？就是吴亮。

第一次见到吴亮是在 1986 年秋天,当时的他,模样就像狮子王。1984 年到 1986 年之间,在我国文学艺术重要的转折关头,作为批评家的吴亮和他的同道们,深度参与了文学艺术的重新建构,这对后来的文学艺术产生了深远的影响。

20 世纪 90 年代以后,一批知识分子、一群杰出的批评家,从身体到身份都转向了高校,生活在高墙之内,变成了所谓的学院派知识分子。其中很多人不再直接面对文学现场,与当代文学的发展脱钩了。他们退回到脆黄的册页,退回到了不及物动词。

吴亮也就是在这个时期转向了艺术批评。看到他去写艺术评论，我不由得为中国当代文学感到遗憾：中国当代文学失去了一个有判断力的人，失去了一个重要的操盘手。不过，虽然不再写文学批评，但吴亮实际上只是临时换了个战壕，仍然置身于艺术创作的一个大的场域。吴亮仍然葆有批评的活力。现在他终于重新回到了文学。

　　吴亮这次带来的是《朝霞》。人民文学出版社的编辑说，《朝霞》是批评家中的批评家写给作家中的作家的书。这当然没错，我觉得另一种说法也成立：这是批评家中的作家写给作家中的批评家的书。

　　据说《朝霞》的题目来自尼采：还有无数朝霞，尚未点亮夜空。尼采还说过：对一个哲学家的最高赞美，就是说他是个艺术家。实际上，吴亮的批评文章，激情雄辩，恃才傲物，吃人不吐骨头，本来也都是可以当文章看的。他本来就是批评家中的作家。

与知识展开对话

　　《朝霞》里出场的第一个人物，来自巴尔扎克：邦斯舅舅回来了，自然博物馆里的人来看他。它由此预示着，故事是在哲学和文学的经纬交织中展开，并告诉我们，这个作者是汲取了所有知识的人，他也是从博物馆里出来的。

自然博物馆是知识的马蜂窝。自然本身不构成知识，自然的东西到了博物馆就成了人类的知识。由此而言，这本书可以说是人类知识的大汇集。它是对知识的记录，是与知识展开的对话。

总体而言，这本书是用各种知识来完成个人的写作。

在吴亮的书里，人物的精神世界得到充分关注。他们是思考问题的人，他们游手好闲，对社会浅尝辄止，通过书本和世界打交道。他们是在知识和日常世界、在局外人和局内人之间的界限上生活的人。

关于日常生活，吴亮关注的也是城市里的日常生活。印象中他似乎从未对乡村的日常生活投去深情的一瞥。吴亮的经验来自窗内和窗外，而不是来自原野。窗内是静寂中激动的阅读和思考，窗外是喧嚣中杂沓的电车声和脚步声。这是另一种经验。目前，中国在很多时候还被看成是一个乡村社会。城市文化的发展脉络，像涓涓溪流一样，细而微弱。如今我们看到的大部分好小说，比如路遥的《平凡的世界》、陈忠实的《白鹿原》、莫言的《丰乳肥臀》等，基本上写的都是乡土生活。进一步说，他们写的都是前现代的中国。在前现代社会里面，小说中的人物生活在一个战天斗地的世界、一个行动的世界。故事中的人物是行动的人，他们的行动构成了一个事件，他们通过行动改变命运。如果他们命运不好，人们会说，这部小说充满了黑暗的启示。大学校长推荐学生看这些书，就是要对学生说，你要通过行动改变命运。对这些行动的追踪,构成了一部作品。

但是,毫无疑问,知识的世界日益成为我们生活的世界,城市生活日益成为大多数中国人的日常生活。对这样一种生活的描述,显然必须有另外一种方式。不然,这本书就不会真正具有现实感。

除了马尔克斯,三十年来其他的外国诺奖获得者,经常被中国读者冷落,为什么?因为我们不习惯那些表现知识的内容,不习惯那些充满对话精神的内容。在意识深处,我们还是乡村秀才。挥动锄头的劳动者的剪影是美的,他的汗水是美的,晶莹透亮,是以液体形式呈现的沉重的喟叹。而那些倾听勃拉姆斯,查阅《韦氏大词典》并寻章摘句的身影,虽然他们思绪万千,带着无限的柔情,但他们的剪影却好像没有生活的质感。

实际上,对于后一种生活的描述,对于中国的作家而言,才真正具有挑战性。《朝霞》在这方面展示了它的方式。这种方式,与那些描述乡村生活的小说完全不同。

特殊的记忆力

吴亮具有非常好的记忆力。20 世纪 70 年代的那些神经末梢的颤动,他竟然还记得那么清楚。

吴亮的写作,写的是遗忘之后又来到面前的那些人和事。它并不是简单的还原。虽然看山是山,但山已经不是原来那座山了。我说的良好的记忆力,指的就是这种能力:对于遗忘之后再次出现的那个世界,你的语言让它重新生成。

《朝霞》让我们看到了吴亮在青春期经历过的很多事情。他骑着自行车,迎着朝霞,顶着硕大的头颅,穿大街过小巷,跟一些游手好闲者、闷闷不乐者、喜欢读书却一知半解者秘密交往。

他们在讨论中勇于提供答案,但又对所有答案都不自信。因为读了马克思,他们就觉得手中拿着解决问题的钥匙。年届六旬,站在 21 世纪第二个十年的中期,吴亮回望 20 世纪后半叶思想上的蠢蠢欲动,那些思考还在继续,他依然困扰于此。这也是他能够保持非常好的记忆力的秘密所在。

这部书最后写到徐家汇大教堂里的白蚁。我想,更多的细节就像白蚁一样,它会将神圣蛀空,但一个思考的人会通过写作之手将它重新修复。所以我觉得,吴亮的小说写作还会持续下去,作为读者的我,依然有很大的期待。

2016 年 10 月 22 日

时间、语言、舌头、价值观与写作

——小说《鸠摩罗什》触及的问题

作为一个小说家，我想从"这是一部以小说形式出现的一部文化学著作"这个角度，谈谈我对《鸠摩罗什》这部小说的感受。

在我的意识里，《鸠摩罗什》确实可以当成小说看，这是毫无疑问的。我认为这部书的分析难度非常非常大，大在哪里？大在要从时间叙述的方式去理解这本小说。我们所掌握的现代小说叙述时间的方式是从西方传过来的，其所使用的方式都是基督教背景下的直线叙述，从起初写到末日，这个时间线索是直线式的。而佛经中所有人物的时间是循环，是轮回，是尘世，是往生，是众生平等，也是所有时间平等。在鸠摩罗什的一生当中所经历的时间，部分为涅槃，部分为修道，部分为传教，这所有的时间有如恒河之沙，全部是平等的。按照这个思路，我觉得徐兆寿在写这本书的时候，遇到了一个根本性问题，那就是用现代小说的叙述方式，即用叙述时间的方式来讲述一个取消时间的故事，一个没有时间的故事,这样的写作难度是非常非常大的。

时间是什么?我们每个人都知道什么是时间,只要你不问我,我是知道时间是什么的;但你一问我时间是什么,我就会茫然无解。实际上,我们同时面对着两种时间观念:一种是佛经的时间观念,东方的时间观念,轮回的时间观念;一种是西方的时间观念,一种基督教背景下的时间观念。当我们用这两种时间观念去写作一个宗教人物时,去处理鸠摩罗什的所有故事的时候,就会发现这个难度太大了。里边必然包含着很多内部的撕裂,但是这种撕裂很有意义,这种撕裂也可以认为是目前东西方文化交融中的一种撕裂。我甚至觉得徐兆寿这本书是要写一辈子的,即鸠摩罗什的故事不是一次就能写完的。举个例子,比如小说的开头第一章,"你将来要去中土世界传扬佛法。当耆婆对十二岁的儿子鸠摩罗什说这句话的时候,是在迦毕试国北山上说的。那是他们告别师傅不久之后。那是在一座寺里……"所有这些非常准确的时间刻度都来自基督教,而不是来自佛经。那么就是说在这种情况下,基督教的时间观念和佛经的时间观念如何达到一种巧妙的平衡,或者维持这种平衡,我认为现在应该全部取消时间,让事件一个一个地从眼前飘过,让人物一个一个地从眼前走过,犹如众生,但是它们之间有因果关系,这个因果关系包含着时间,但它们按照顺序走过去的时候,我要明确取消时间,它就是永恒的。

在《百年孤独》这部小说中,作者一开始便是从整个事件的中间讲起,许多现代小说故事都是从中间讲起的,作者喜欢在时间之河中间切一刀,然后才开始往前往后叙事。而《圣经》是从事件的最初讲起的。作家在写作中要怎样去处理才能平衡这种时间观念? 我觉得这个问题不只是徐兆寿一个人所遇到的问题,也是我们所有讲故事的人都要认清的问题。这就涉及,他是在西方文化背景下长大的徐兆寿,或李洱,他在处理中国故事的时候,是怎样去处理时间叙事的。

另一个方面,我想谈谈《鸠摩罗什》里的人物。现在,我所知道的鸠摩罗什的故事有四个,即他的出生、血缘关系问题、两次破戒、他的不烂之舌。施蛰存先生也写过鸠摩罗什,他一开始写道,说很多年前(我想不起来了),从群山当中一个骆驼商队还是马队过来,马脖子上挂个铃铛,然后他妻子落后半步,他回头看去,从他老婆俊俏的脸上看到一双眼睛,又从他老婆的眼睛当中看见了海市蜃楼,然后背后才是庞大的马队。施蛰存在写这个故事的时候,他的焦点非常好,他把焦点放在了鸠摩罗什怎样处理情欲、破戒的问题,鸠摩罗什的舌头为什么不烂。按照施蛰存的理解,是因为他接吻了。我们现在的理解当然也非常有意思,大意是说他的舌头不烂,是因为他曾经说过什么。这是鸠摩罗什的获救之舌,但是在施蛰存的写作中,是因为他的舌头接吻了,所以就出现了鸠摩罗什舌根烧不烂的情况。

前不久在辽宁,一个尼姑也出现了相似情况,她被火化之后,发现她的舌头是透明的。据说,这是个完全没有文化的尼姑,她的非常质朴的语言直逼事物的核心,直抵佛经。在这件事中,舌头这个意象非常重要,我们所说的话全部是从我们的舌尖和舌根上发出来的。施蛰存的理解就是因为鸠摩罗什的舌头沾了尘世所有的情欲,所以他的舌根不会烂,这个舌头成为人世情欲的一个象征。这是施蛰存的理解。现在我们同时也知道,鸠摩罗什在最后的遗言中提到,要照我说的去做,不要照我做的去做。不仅仅是鸠摩罗什这样讲,实际上,几乎所有伟人都这么讲。朱熹在去世的时候就给弟子们讲,一定要照我说的去做,千万别照我做的去做,因为他知道知与行的问题是从语言产生以来,从仓颉造字以来,就是一个人类存在的最根本性的问题。

所以,当语言成为一种价值观,价值观就藏在文字里边。但是朱熹说,我做的肯定跟价值观是不一样的,有差距。所以只有那些非常伟大的人物,才能体验到这种内部的分裂话语,才会说出"你要照着我说的去做,但是你不要照我做的去做"这样的话。研究这个问题,就涉及如果你是个知识分子,如果你是个作家,你就必须对所有语言行为,对知与行的关系问题进行深刻思考。从这个角度看,那么鸠摩罗什形象的塑造就不仅仅是一个佛经人物,也不仅仅是西部文化传统与当代书写的一个标准,它几乎是所有作家写作的时候都要面对的一个永恒问题。一个文人,一个知识分子,不管他是不是个宗教人物,他的根本性问题就在这里。

我觉得现在徐兆寿通过这部小说，就把这些问题全部触及了。

所以我作为徐兆寿的同行，我要对他表示深深的敬意。同时，我也觉得这部书是一个典范，需要我们去认真看，这里面包含的问题不仅仅是徐兆寿的问题，也是我们所有人要面对的问题，而且这本书需要以不同方式，以及不同的人，反复地一遍遍去书写。

2018 年 8 月

奔向永恒的途中

2020 年春天,这无限循环中的又一个庚子年的春天,将永载史册。当我应邀评点入选的五十部虚构作品的时候,北京郊外正是大雪弥天。彻骨的寒冷没能阻止疫情的传播,无数人的目光都投向了那座九省通衢之地,那么多可悲可叹又可泣可歌的事件正在人间上演。显然,阅读文学作品所需要的那份宁静,此时此刻很难光顾书桌。

这是一种特殊的"境况性现实"。正如萨义德所说,作家、诗人的创作实践以及文学批评,都已经无数次证明:虚构作品都自有其特殊的"境况性现实",它由言说者和听众在内的话语情境所支持。按照萨义德的说法,文学是在一个特殊场合的激励中写成的,写作、出版和传播作为一个事件,又将导致另外事件的发生,比如文学批评和来自媒体的评价。

眼前这五十部虚构作品,既然是从浩如烟海的作品中精心选出,我相信它们能在很大程度上代表 2019 年的中文出版水平。其中有些作品刚出版时我已一睹为快,个别作品却至今未能详读,其文本内部到底蕴藏着怎样的宝藏,自然令人兴趣不减。有些作家大多数读者早已耳熟能详,而有些作家我则是首次听说。不过,所谓的新人既然能够脱颖而出,想必已在文学之海中泅渡多年。

在日益飞速发展的时代,一个持续写作的人,显然值得充分尊重。在 2019 年,我注意到阿来、邓一光、麦家、刘庆邦、张柠、池莉等作家,继续保持足够的活力。他们鲜明的创作风格,使他们能够一眼被认出。加缪说,艺术家对取之于现实的因素重新分配,并且通过言语手段做出了修正,这种修正就叫风格,它使再创造的世界具有了统一性和一定限度。通过这些成名作家的写作,你可以看到文学对天灾人祸保留着足够的记忆,并有可能从神话思维那里得到启示。当硝烟散去,虽然创痛仍将继续在人类心底发酵,但仁慈已经漫上心头。在世俗的现代社会讲述传奇,似乎意味着古老的讲故事的方法仍未远去。而在一个被充分注意到的道德化的日常生活中,一代人的成长必将笼罩着驱散不尽的伦理烟云。从上世纪 90 年代延续至今的对日常生活的描述,在新世纪的今天依然可能焕发出诗性。

稍加留意,或许就可以发现,这些作品几乎代表着当代作家是在不同方向上持续发力。但我想多说一句的是,台湾的童伟格和大陆的黄孝阳,虽然都是汉语写作,作品却呈现出微妙的差异。我之所以做出这种比较,是因为他们的写作思路似乎有某种相同之处,但因为语境的不同,他们的风格又各呈异态。我只说一点,轻与重的关系,在他们的作品中几乎被做出了完全相反的处理。这似乎提醒我们,任何一位作家的写作,都要放在更多的维度上考察。

坦率地说,我的目光常常会被那些文学新人所吸引,因为我总是想看到一种新的语言方式,新的讲述故事的方式。借用布鲁姆的话说,我想看到一种"建立在内在听觉和活力充沛的心灵之上的"文学。对于热爱汉语写作的人来说,这是一种精神上的甘甜。我想,在 2019 年,林培源、蔡东、王苏辛、胡迁等人的写作,让我感受了某种新的可能性。任何时代,文学新人总是在两难中成长起来的:既要对已有的文学实践保持尊重——这不仅是文学史得以延续的标志,更大的意义上是对已有文明成果的继承,同时又要破茧化蝶,以反叛的姿态完成自己。然后呢? 然后当然才是最重要的一步,即突破自己,有如凤凰涅槃。林培源和蔡东的写作,都带着显见的知性色彩。对 20 世纪重要的短篇小说谱系的认识,以及相对较长的文学训练,使他们的叙述敢于在黝暗和光明的中间地带徐徐展开,如同深潭对瀑布的反照。他们无疑都有令人钦羡的写作前景。胡迁的写作,不妨理解为影像现实在小说文本中的折射,或许是作家电影以某种方式的延续。而王苏辛的写作,相对于笔下人物生存的艰辛和逼仄,其文本却有力地显示了年轻作家少有的疏朗和广阔,并因此获得了文学的力量。

值得多说一句的是,新一代女性写作者不再纠缠于男性与女性的性别之战。需要承认那是个重要的写作领域,但又必须承认至少在这个时代它已不是最重要的写作领域。或许应该记住乔叟的讽喻性名言:上帝,假如女人写下了许多故事,如同僧侣们写下了大量的圣喻,她们定会记下男人们的更多罪状,要让所有亚当的子孙都弥补不完。

尽管知道对外国作家的出版和关注,已经成了我们经久不息的传统,但看到入选作品中有一半是外国作家的作品,我还是略感吃惊。但值得欣喜的是,入选作品中有几部短篇小说集。这似乎说明了我们的读者对短篇小说具有浓郁的阅读兴趣。无论中外,短篇小说总是保持着对人类生活中某些关键时刻的凝视。它转瞬即逝,但因为浓缩着深沉的情感而意味深长,它充满着反转和吊诡,仿佛历史和现实的一个注脚。

与中国作家相比,一个有趣的现象是,外国作家对历史故事的兴趣似乎从未减弱,因为那是他们想象力和思辨力驰骋的疆域。我之所以这么说,是因为他们并不是要借古讽今,对他们来说压根就没有这个必要,也没有这个麻烦。或许还存在着另一个理由,那就是他们更加强烈地感受到历史就是现实。我也注意到,入选作家中有的来自东欧,包括去年获得诺奖的托卡尔丘克。

我无法免俗地读了托卡尔丘克的两部小说,我得承认至少在叙事层面,她的小说在逃脱小说固有叙述逻辑之时,又小心而机智地建立起了另一套逻辑:在那里,神话、历史与现实,小品、虚构与非虚构,借由视角、人物与情绪,进行了巧妙的勾连。我同时也乐于承认,阅读东欧作家的作品,总会产生一种奇妙的贴己感。

我在这篇貌似评点文章的开头引用了萨义德的一句话。这个犹太人,这个马克思主义者,这个白血病患者,这个已逝的亡灵,曾对马克思的《路易·波拿巴的雾月十八日》推崇备至。他说,屹立在路易·波拿巴背后的,不是他的父亲,而是他那身为伟大皇帝的伯父,这就像 1848 年之前不是 1847 年,而只有 1789 年,以及在笑剧之前是悲剧。按马克思的话说,借用历史研究、批评、讽刺和诙谐等武器,给拿破仑的奇谈以打击。文学作为一种历史的特殊参与者,不仅以自己的方式介入现实,而且成为一个时代的见证。至于它们当中有哪部作品可以成为经典,那就没有人能说得清了。

一个公认的事实是,经典意味着取消知识和意见的界限,并且已成为永恒的传承工具。但在奔向永恒的途中,你得随手写下我们这个时代的知识和意见,首先让它成为见证,并让读者耳闻目睹这些见证。

2020 年 2 月

本文系作者为《晶报·深港书评》2019 年度长书单所作

辑二　他们有博尔赫斯,我们有羊双肠

中国小说的未来

我们今天所说的小说,跟我们通常所说的神话、史诗、寓言和传奇故事都不一样,而是植根于神话、植根于史诗、植根于传奇故事。

有一个说法,认为小说实际上是资本主义社会和市民的产物,就是我们今天的小说,跟以前的传奇和《三国演义》也不一样。黑格尔干脆说,小说是近代市民阶级的史诗,它表达了散文性质的现实世界,比如说以前的小说,或者说以前的文学表达的都是过去的世界。比如说用论文和诗歌形式来表达过去的世界,小说表达的是现实的世界。

在黑格尔之后,俄国有一个著名的批评家巴赫金,他认为小说是史诗的后裔,按他的说法小说现在远没有定型。其中他强调他研究陀思妥耶夫斯基的小说,在陀氏的小说里面罪犯、流氓将同时发出自己的声音,以前会有一个主导的声音,但是在他的小说里面,所有人发出的声音地位是平等的,也就是说每个人每个声音都具有同等重要地位,在各抒己见,有多少个人,就会有多少个声音。

但是非常有趣的是,在1934年就是和巴赫金发表这个小说的同时,本雅明发表了一个论文,题目是《讲故事的人》。

本雅明的观点与巴赫金相反,他认为在高度发达的资本主义社会里面,个人的经验和个人的价值已经贬值,个人的存在已经没有这么大意义了。他用一句德国谚语来说明这个问题,说远行者必定会讲故事。什么意思呢?从远方归来的人,那些水手最会讲故事,那些走街串巷的人最会讲故事,因为他讲的故事是我不知道的。

那么他说讲故事的人就是从远方回来的人,他带来了远方的故事,带来了不同的知识,不同的价值观,用一个术语来说就是带来了经验的差异性,这句德国谚语与一句中国的谚语非常相近,就是远方的和尚会念经。我愿意相信从远方过来的人,我愿意相信他的经验,我愿意相信他的故事。

但是本雅明认为,随着资本主义社会的来临,随着现代传媒的发展,远方的地平线消失了,经验和差异性消失了,远方来的和尚是怎么念经的,我通过报纸、电视、微博已经知道了,你的经验和我的经验之间没有那么大的差异性,你讲述的故事我提前就知道了。

在这种情况下,本雅明认为小说的存在价值几乎被取消了。本雅明对这样的状况深感悲切,他甚至认为由于现代传媒的高度发达,人们已经不需要通过文学作品来认知世界,来感知世界,来提高自身的修养。

我们知道新闻特性是,坏消息就是好新闻,最坏的消息就是最好的新闻,只有最坏的消息才能引起我们的兴趣。

这么一来,当代人每天就生活在一个由各种坏消息构成的世界里面。当人们不是通过文学作品,而是通过新闻来认知世界的时候,我们发现当代人变得越来越浅薄了,因为你每天接触的消息全部是坏消息,全部是坏人坏事,而坏人坏事通常来说他的修养没有那么高。这么一来本雅明认为,当代社会就成了一个没有教养的文明社会,看上去是文明社会,但这个社会已经没有教养了。这是巴赫金和本雅明对小说产生的两种基本上截然相反的判断。

但是比较有意思的是,巴赫金和本雅明对小说的判断,跟他们自己的经历有关系:巴赫金在上世纪 30 年代研究陀思妥耶夫斯基小说的时候,他刚从北哈萨克斯坦的一个小镇流放回来;而本雅明讲故事的时候,他为躲避希特勒刚开始流亡。也就是说批评家对小说和小说史未来的判断,跟他们自己的经验有关系,跟他们的个人经验有关系。他们的批评实践甚至可以说都穿越了历史的阶级、意识形态。比如说巴赫金是个马克思主义者,但他对小说的研究,表明他对资本主义社会用情甚深,非常感兴趣,他几乎带着赞美的语调来谈资本主义,虽然他是马克思主义的批评家。而本雅明也是一个马克思主义的批评家,但是他却对资本主义社会所描述的发达资本主义之前的社会充满缅怀。尽管他们的观点各不相同,但有一点相同,就是他们实际上都在强调个人价值。用一句术语来说,就是都在强调个人的主体性。

现在问题来了,就是与巴赫金和本雅明所处的那个时代相比,中国目前的社会状况更为复杂。这种复杂性甚至超出了西方小说家同行的想象。

我们完全可以说巴赫金在当时的陀思妥耶夫斯基所看到的那个社会,在当代中国社会已经比比皆是,同时大众传媒对当代人的影响已经到了无孔不入的地步。

由此形成一个很奇怪的现象,成为一个前现代、现代、后现代的集合体,中国的火车头已经进入了后现代,但是中国火车的尾巴还留在前现代。我有一个比喻:中国社会就像三明治,它像是一个前现代、现代和后现代的三明治,那么个人存在价值从来没有像今天这样被强调,这是体制的力量。

我所说的体制不仅仅是指社会的体制,而是体制的力量、资本的力量、工业化的力量、技术化的力量,它们共同构成了一个可以吞噬一切的新的体制化力量。这种体制化力量,无时无刻不在取消各种主题性。生活在中国的每个人面临这个庞大的社会体制、政治体制、技术化力量、大众传媒，当面对所有这些力量共同构筑的那个体制化力量的时候，每个人都感到无力。

对于中国的小说家来说，问题就复杂在这里，怎么复杂呢？

出于对个人存在价值的肯定，我们要讲故事，我们小说里面要有情节、人物，人物要有性格、行动，行动要构成命运，要有事件的完整性，叙事要有规律，我们知道这是小说的经典模式。

但是你只要用这样经典小说的经典模式，用它来讲述中国目前的社会，讲述中国目前的现实，你的小说在我看来是假的。就是故事、情节、人物、命运、行动所有这些东西，当中国作家在讲故事的时候，如果还讲求情节的完整性、因果率，它在反映生活方面已经失效了。

当代小说家，如果他是一个认真的小说家，他必须去寻找一种新的叙述方式，寻找一种跟传统、经典小说不同的叙述方式。

之所以要选择这样的叙述方式，就是为了建立小说和目前中国复杂社会现实之间的对应关系，重新找到一种对应关系，重新建立一种互动关系。找到这样的叙述方式是要对中国目前复杂的社会现实做出尽可能有力的回应，我的困惑在这里。

在这样一种体制化的力量前，我们如何保持最低限度的个人可能性，如何尽可能地使个人经验仍然具有对话的能力？我虽然不是从远方来的，但是我仍然有个人经验，我的个人经验怎么和你构成对话关系，我相信在目前这种高度体制化的现代社会，这

个是小说存在的最重要的理由，也正是这种理由，使我们有足够
的动力对小说进行不断的自我更新。

2013 年 3 月 10 日

本文系作者在"爱丁堡国际作家论坛"上的演讲

文学的本土性与交流

　　20世纪80年代中后期,我正在读大学,同时开始学习写作。80年代,是中国当代文学的黄金时代。在十年的时间里,西方现代派作品和后现代派作品大量涌入中国。中国的作家如饥似渴地阅读那些作品。西方作家对中国作家的影响是共时性的,比如,我们同时阅读了乔伊斯、安德烈·纪德、托马斯·曼、福克纳、罗布·格里耶和马尔克斯的小说,同时阅读了易卜生、萨特和贝克特的戏剧,以及T.S.艾略特和金斯堡的诗歌。虽然这些作家的文化背景、思想倾向和政治立场各不相同,但这并没有影响我们对他们的接受。

　　完全可以这么说,如果没有80年代西方文学对中国文学的影响,中国当代文学史就不会是现在的样子。当时,我的老师和朋友当中,有一大批写小说的人。我们经常夜以继日地讨论这些作品。当时的情景,我至今还记忆犹新。我记得讨论得最多的,是这些作品的艺术技巧。应该承认一个基本事实:在 1985 年之前,中国的青年作家很少意识到文学的本土性问题。当时在青年作家中流传着一句名言:如果把中国的诗人杜甫和英国的 T.S.艾略特相比,把中国的曹雪芹和美国的海明威相比,被认为是中国诗圣的杜甫和中国最伟大的小说家曹雪芹,好像成了外国人,而 T.S.艾略特和海明威却成了中国人。

中国作家比较早地意识到文学的本土性问题,是因为受到了马尔克斯等拉美作家的深刻刺激。按照毛泽东的划分,拉美与中国同属第三世界,一个同样来自第三世界的作家的成功,促使中国作家关注自己的小说与自己的文化传统的关系。我们甚至可以把随后出现的一批被称为寻根小说的作品,看成是对这种刺激的反应,这种反应即是对自己的文化传统的重新审视。话可以说得再明白一点:大量地阅读西方小说,使我们迅速掌握了西方现代派小说和后现代派小说的技巧,它有助于我们用西方小说的技巧来表达我们的本土性。

或许有人认为,承认这一点会让人感到羞愧。我后来看到很多寻根小说作家的说法,他们举出各种例子试图证明,他们并没有受到西方作家,尤其是马尔克斯等拉美作家的影响。似乎承认了影响,他们作品的原创性就大打折扣。有时候他们承认受到了一点点影响,但他们同时会指出,另外一些人受到的影响更大——意思是说,他们的原创性要大于另一批人。其实他们忘记了一个基本事实，那就是马尔克斯等人之所以能够写出深刻反映拉美现实的小说，一个重要的原因是他们受到了西方现代派小说的刺激——马尔克斯本人就认为，正是因为他在十七岁的时候读到了卡夫卡的《变形记》，他才知道了小说应该怎么写。马尔克斯小说里面的那个著名的猪尾巴，其实是卡夫卡小说里的那个甲虫的变形。马尔克斯当然也受到了福克纳的影响。福克纳对马尔克斯的影响，甚至有可能大于福克纳对任何一个美国作家的影响。马尔克斯在谈到理想的写作环境的时候，引用的就是福克纳的说法："作家最完美的写作场所是妓院，白天寂静无声，晚上欢声笑语。"卡夫卡和福克纳对马尔克斯的影响，削弱了马尔克斯小说的价值了吗？削弱了马尔克斯小说的本土性了吗？没有。同样，福克纳之所以成为福克纳，也是受到了外来文化刺激的结果——如果没有乔伊斯、伍尔夫的小说在前，哪有福克纳的小说在后啊！现在，我在此就乐于承认，我受到了托马斯·曼小说的深刻影响。

在全球化的今天，人们对"本土性"的强调，其实饱含着文化的自尊和对抗意识。在全球化的今天，我们强调带有空间意义的"本土性"；而就在昨天，在不远的 80 年代，我们强调的还是带有时间意义的"现代性"。置身于我们今天的文化环境，我能够深刻地感受到，周围的很多作家和批评家，都深陷于"本土性"的焦虑之中。其实无论在过去还是今天，任何一部作品都无法脱离别的作品而存在。中国宋代诗人黄庭坚早就说过,老杜(杜甫)作诗,无一字无来处,只是因为后人读书太少,就认为杜甫的诗都是原创。很多人都知道,《西方正典》一书的作者哈罗德·布鲁姆曾经提出,诗的影响并不一定影响到诗人的独创性,相反诗的影响往往使诗人更加富有独创精神。他认为,自文艺复兴以来,一部西方现代诗歌史,就是一代又一代诗人不断对前人的诗歌进行有意地误读、曲解和修正的产物。布鲁姆认为,任何一首诗都是一首互指诗,并且对一首诗的任何解读都是互指性解读,而所谓的诗歌批评,就是摸清一首诗通往另一首诗的隐秘道路。他的话听上去很深奥,意思其实就是黄庭坚所说的那四个字:点铁成金。

我们对自身所处的现实的认识,对我们从事的文学实践的认识,都因为文化传统和外来文化的影响而更加深刻。文化传统和外来文化,使我们看到了文化的差异性,看到了人性的丰富性,看到了时代性,只有深刻地感知到这一点,我们才能够更好地呈现本土经验,使自己的作品具有本土性。也就是说,本土性不但不意味着保守,反而意味着开放;本土性不但不意味着要将传统和外来文化看成是"他者"(the other),反而要把它看成是主体性的"自我"(self)。本土性与外来文化的关系,不是对抗关系,而是共生的关系;不是互相取消的关系,而是互相发明的关系。

我当然能够意识到,我们今天强调"文学的本土性"的意义所在。在全球化的今天,一种文化的趋同性对文化构成了伤害,给人的身份认同带来了危机,"我是谁"这个现代性命题比以往任何时候都更加尖锐。但这并不能成为我们故步自封的理由。如果说全球化是一种进攻性的帝国主义,那么狭隘的本土性,则是一种更加可悲的防御性的帝国主义。对此,我们应该时刻充满警觉。在这里,我愿意引用美国艺术大师约瑟夫·科苏斯对美国文化的一段自省。约瑟夫·科苏斯说:"我们(美国)没有一种真正的国族个性,我们出口我们的地方主义,来改变其他文化,并赋予这种混乱以一种普世性的外观。我们出口了一种综合性的文化,麦当劳、可口可乐、希尔顿酒店等等,由于各国族文化纷纷把地盘退让给我们,它们最终失去了对自己有意义生活的机制的控制,由此变得在政治和经济上依附于我们。"这是一个美国艺术家对美国文化的反省。他忧虑的是美国文化只是输出,而没有引进。他错了,美国文化之所以能够不断地输出,是因为它一直在引进,从"五月花时期"对欧洲文化的引进,到二战时期对犹太文化的引进,一直到今天对中国文化的引进。

我想回到文章的开头。我曾经讲到,在上世纪 80 年代我们对西方文学的引进和接受,是共时性的。那种共时性的接受可能是囫囵吞枣的,但它却有可能培养出我们一个好的思维习惯,即可以共时性地吸收人类的各种文化,以此激发我们对文学或者文化的本土性的认识。而对我自己来说,我现在就比任何时候都更加能够充分地认识到,杜甫确实是中国的诗圣,他和世界上任何一个伟大的诗人相比都毫不逊色；而 T.S.艾略特确实既是美国人，又是英国人；同时我也意识到，曹雪芹确实是中国伟大的小说家，但在今天，只有最不像曹雪芹的那个人，才可能是现在意义上的曹雪芹。

2013 年 9 月 1 日

本文系作者在"中德作家论坛"上的演讲

先锋小说与"羊双肠"

　　刚才苏童讲到了裸奔和穿衣服，很有意思。格非对裸奔的理解，也很有说服力。不过，我的理解与格非可能有点不同。

　　苏童讲的时候，我想到了一个跟裸奔和穿衣服有关的故事，但与苏童的意思可能刚好相反。我从上海回到河南之后，有一天与张宇、李佩甫聊天，聊到先锋小说。张宇和李佩甫都是河南很棒的作家。张宇对我说，你的小说呢，与上海啊，南方啊，那些才子的小说很接近。张宇说，他也很喜欢读那些小说。但是，张宇随后话锋一转，说，他们有博尔赫斯，我们有羊双肠。

　　我不知道什么叫"羊双肠"。我还以为是一个新引进的、新发现的现代派作家，就问谁是羊双肠？李佩甫笑了，说，羊双肠是开封有名的小吃，就是炖羊蛋和羊肾——也就是羊腰子。那玩意儿大补。接下来他们有一句话，给我留下深刻的印象。他们说，南方的那些才子啊，都是穿衣服的。我们河南作家呢，是不穿衣服的。我们不跟他们比衣服。比什么呢？脱了衣服,比肉!

什么意思？他们是说先锋小说家是讲究形式感的,而我们河南作家呢,不玩那个,我们拿出来的东西都是货真价实的,是实实在在的生活。石头就是石头,土坷垃就是土坷垃。说这话,是在上世纪90年代初。你看,同样一个词,同样一个比喻,可以有完全相反的寓意,相反的解释。我身处其中,能够同时理解这两种解释。其实我感觉,南方作家,和我刚才提到的张宇和李佩甫,其实也都是穿了衣服的。只是穿的衣服不一样,是羽绒服和棉袄的区别。所以,他们其实都是谦虚,不可太当真。

我自己觉得,前面这三位兄长的衣服,都穿得很好看。这里,我称他们为兄长,他们可能不乐意。这次我在香港称苏童为兄长,我说我给兄长敬酒。苏童脸一沉,说,杯子放下,我们不是兄弟,我们是叔侄。意思是,我们是两代作家。当时我想问他一下,我的伯父是谁？没有问,是因为我担心他也说不明白。如果我问,苏童,你的叔叔是谁,伯父是谁,我想苏童叔叔可能也说不明白。所以我没有问。这是我要讲的第一个想法。

今天听了一天会,听大家反复讲到先锋文学对后来文学的影响。作为叔侄关系,我承认受到他们的影响,尤其是受到格非老师的影响,因为我们当时是同学,我非常尊敬的兄长——辈分有点乱啊,刚才说的还是叔侄。我这里想多说一句,就是提醒一下批评家,尤其是文学史家:受到影响的可不仅是我们这些"60

后",也不仅仅是"70后"。我想说的是,他们的前代人也受到了他们的影响。

前代人受到后代人的影响,在新时期文学史上,是个奇怪的现象,却是真实的。举个例子,目前影响较大的几部长篇作品,比如陈忠实的《白鹿原》就受到先锋小说很大的影响。先锋小说激活了陈忠实的所有经验。没有先锋小说在前,哪有《白鹿原》在后?陈忠实不是受马尔克斯的影响,而是受中国先锋小说的影响。先锋文学确实是中国新时期文学里面一个非常重要的存在,它的光芒辐射到不同的人,不同的领域。知青一代作家,你去数一数,看一看,也有不少人受到了先锋小说的影响。因为当时大家都在一个锅里吃饭嘛。如果把先锋文学放在一个大的文学史上进行考察,那么就有必要考虑到它究竟都对哪些人构成了影响,又如何发展出不同的方向。

当然了,这样一种"影响的焦虑",有批评家的参与。批评家全方位参与文学进程,从寻根文学开始,到先锋文学结束。是批评家告诉很多人,什么样的小说是好的。那是一个没有文学市场的时代。当时的文学市场,就是批评家的嘴巴。

我要说的第三个意思,与马原有关。

今天马原没来。我觉得马原是一个非常重要的作家。张清华问我要讲什么,能不能先报一个题目,因为是关于先锋文学的,所以我就想到了马原。今天马原研究专家、研究权威吴亮先生刚好也在。吴亮当时把马原的特点说得很明白，提到了马原的"叙述圈套"。提炼得非常好。马原对在座的几位先锋作家，是有影响的。

今天看马原的小说，尤其跟格非、苏童、余华最早的先锋小说比较，可能会发现马原还有自己另外的意义。

在第一批先锋小说家中，马原自己是到场的，马原的身体是到场的。马原会在小说中讲到自己的经历。马原最著名的一句话是："我是那个汉人，我写小说，我的小说是虚构的。"但是，现在看，你会发现马原的小说其实带有很强的非虚构特征。马原可能是在汉藏文化的差异性中，看到了自己的身体，看到了自己的身份。对这种差异性的感受刷新了马原的文化意识和身体意识。马原根本不写什么历史颓败，他对那种虚构没有一点兴趣。马原的故事都发生在现在。马原是用非虚构的经验完成了虚构的小说。

马原的这种探索，我觉得对后来的一些作家有影响，比如他作品里面大量写到身体，写到欲望，有些故事当时是可以当 A 片看的。当然了，到了上世纪 90 年代中期以后，我们对欲望进行另外一个层面的反思，但那是另外一个话题。我想进一步说明的是，马原的小说里第一次出现了真实的人，虽然带有虚构性，带有幻想性。我并没有说，在马原小说中，自我已经诞生。自我在小说中的诞生，是文学的伟大使命，它还需要后来人的努力。但马原在这方面已有的贡献,可能会被谈论先锋文学的人忽略掉。

时间不多了,我再说一点。刚才我之所以说,我非常理解裸奔的苏童急着穿上衣服,以及格非对穿衣服的解释,是基于这么一个事实:年轻人开始写作的时候,几乎都是凭着一腔热血,凭着一种激烈的情绪,赤膊上阵。而同时,他们在接受了文学教育,开始写作的时候,他们的写作往往是形式大于内容。这不怪他们,因为所有人都这样。只有当他们的经历越来越丰富,真正获得了失败感,那个形式,那个圈套,才会有真正的内容来填充。这个过程,就是不断穿衣服的过程。所以,衣服具有社会学的意义,这当然是我的理解。

衣服穿上了,还比较得体,这个时候,诗学和社会学才会达到某种平衡。我觉得后来的作家,包括我,也包括今天在场的艾伟和东西先生,他们无疑受到了先锋小说的影响,但他们在开始写作的时候,就提醒自己要穿上衣服。他们是穿着衣服,吃着羊双肠。

我就说这些。谢谢。

2015 年 11 月 27 日

本文系作者在"纪念先锋文学 30 年国际论坛"上的演讲

贾宝玉长大之后怎么办

感谢主持人邵老师的介绍。很高兴与朋友们做个对话——确实是对话，不是客套。熟悉我的小说的朋友都知道，我喜欢在小说中设置多种对话关系。在我看来，现代小说与古典小说的一个很大的差异，就是现代小说是一个"对话主义"的场域，就像布尔迪厄所说，各种要素之间相互对话，相互生成。现代小说一个重要标志就是，它是作者与作品中人物的对话，是作品中各种人物之间的对话，当然它也是作品与读者的对话，是作品中各种人物与读者的对话。现代小说是民主的，不是独裁的。这是小说在中国语境中存在的一个特殊意义。晚清以来，小说对中国人来说，比对西方人要重要得多。这是另外的话题，这里隔过不讲。我想说的是，现代小说，如果仅仅是作者在絮絮叨叨地说自己的话，小说的意义就丧失了大半。所以，我期待接下来的对话。

缘起

刘剑梅老师在电话里问我要谈什么,我当时随口说了一句,就聊贾宝玉长大之后怎么办吧。它确实是我关心的一个问题。当然也不是现在才关心的。比如,我的长篇小说《花腔》就触及了这个主题。《花腔》的主人公葛任,不妨看成是生活在20世纪革命年代的贾宝玉。事实上,为了提醒读者注意到这一点,我苦心孤诣,设置葛任生于青埂峰,死于大荒山。可惜啊,现在关于《花腔》的评论有一二百篇,但只有极少数的几位批评家注意到了这一点。如果作者和读者的对话关系没有能够充分建立起来,不仅作品的意义要大打折扣,而且严格说来作品都没有完成。因为作者、作品和读者彼此之间是一种交叉的、双向建构的关系。所以,我的遗憾是难免的。不过,最近有一篇关于《花腔》的论文,是上海的青年批评家黄平写的。他是80后批评家,让人刮目相看。他最近有一篇论文叫《先锋文学的终结和"最后的人"——重读〈花腔〉》,发表在内地的《南方文坛》。他认为葛任身上叠加着贾宝玉的原型。黄平提到,这个问题其实是中国先锋文学的元问题之一,即个人与世界的遭遇。先锋文学真实地讨论这个问题了吗?我不知道。如果把这个问题放在20世纪的革命年代,那么就变得非常棘手——对于一代中国最先进的知识分子来说,他们陷入了一个空前的两难:要成就革命和解放,革命者必须否定个人的自由,将自己异化为历史和群众运动的工具,然而革命者参与革命的最终目的,却是实现自由。为此,主人公陷入了永久的煎熬。其实我很想提醒黄平一句:真正的自我就诞生于这种两难之中。如果没有这种煎熬,自我如何确立?我的朋友耿占春在一首诗里面说,有一个人照镜子,到了老年,在越来越浓重的白内障的雾里,他会发现自己只是一个赝品,他的自我尚未诞生。

虽然由我来分析自己小说的主人公不大合适,但我今天是在香港,是在和朋友们进行一场真诚的对话,所以不妨多说两句。说得干脆一点,贾宝玉长大之后,如果他活在 20 世纪,进入了革命年代,那么他很可能就是葛任。换句话说,葛任就是革命者贾宝玉。看过《花腔》的人都知道,葛任的故事部分地化用了瞿秋白的经历。不过瞿秋白是 1934 年死的,而《花腔》的主干故事是从 1934 年讲起的。或许可以说,这部小说是个假设:如果瞿秋白没死,经过长征到达了延安,那么会发生什么故事?我的意思是说,葛任,包括瞿秋白,也都可以看成贾宝玉长大之后的一种可能的形象。事实上,我正在写作的一部长篇小说也跟这个主题有某种关系,只是它更为复杂,以至我常常怀疑我是不是有能力完成它。

还得声明一点,我不是红学家,也不是曹学家,红学和曹学已经成了专门的学问。在内地,曹学和红学,据说啊——也只能是据说——差不多已经是某种带有原教旨主义气息的学问了,外人是不能随便谈的。其实,这差不多是对《红楼梦》精神的背叛。《红楼梦》是中国古典小说中最讲究对话关系的小说。《红楼梦》召唤着人们参与对话。唐代诗人杨炯说:"江山若有灵,千载伸知己。"我觉得,曹公若有灵,千载寻知己。他会欢迎人们来对话的。如果我说得不对,我想曹公会谅解,你们也会谅解,对不对?我不会谈到关于《红楼梦》的很多知识。那些知识还是交给红学家和曹学家来谈。他们对《红楼梦》的细枝末节,真的是如数家珍。书中哪一顿饭吃了什么,他们都知道。我两辈子也赶不上他们。好在鲁迅说过,重要的是"史识"。鲁迅是强调"史识"的。鲁迅说话是比较重的,谈到郑振铎的《中国文学史》,那已经是不得了的著作了,可鲁迅还是说那是资料汇编,缺少"史识"。好在我今天不是专门要谈《红楼梦》和贾宝玉的,所以我可以自由一点。如果出现了知识错误,请你们理解。如果没有什么"史识",那也很正常。我只是要借贾宝玉——宝二哥、宝二爷,说出我对小说的一些理解。

宝玉的年龄问题

奇怪得很,关于贾宝玉的年龄至今都没有一个标准答案。这是发生在《红楼梦》一书的众多谜团之一。我上大学的时候,教我们《红楼梦》的是个老太太,她拍着自己的脸,说,贾宝玉啊,粉嘟嘟的——好像说的是自己的亲外孙。那个爱啊，真是浓得化不开。可她也没有告诉我们宝玉多大。小说家当然可以不明确地去写主人公的年龄。当代小说中，甚至人物的面貌我们也常常弄不清楚。待会儿我可能会谈到卡夫卡的《城堡》。在《城堡》当中，在卡夫卡的几乎所有作品当中，我们能看到主人公的一系列动作，能了解主人公的气质，但我们往往既不知道主人公的年龄，也不知道他的具体相貌，不知道他的出身，他就像个幽灵。

关于宝玉的年龄问题，大致分两派：十三岁派，十六岁派。说他是十三岁的人说，在第二十五回，贾宝玉中了魔法，有个和尚这时候来了一句，大意是说：青埂峰一别，转眼已经十三载矣。书中还有几处提到十三岁这个数字，比如，有人夸他的诗好，说十二三岁的公子就写得这么好。这是恭维话。宝玉的诗写得并不好，那帮孩子当中，他写得最差，他自己也认为是最差的，不过他不生气，只要女朋友们写得好就行。说他是十六岁的人认为，书中提到林黛玉是十五岁。黛玉在第四十五回有一句话，说我长到十五岁了，怎么怎么样。而宝二哥比林妹妹大一岁，所以宝玉是十六岁。大致上有这两种说法。

更有趣的是，对别人的年龄，包括生日，曹雪芹都交代得非常清楚。比如，元春是正月初一，所以叫元春嘛。宝钗是正月二十一，黛玉是二月十二，探春是三月初三，巧姐是七月初七，老太太贾母是八月初三，凤姐是九月初二。但曹雪芹偏偏没有明确地交代第一主人公宝玉的年龄。曹雪芹是不是忘记写了？好像不大可能。想象一下，阿猫阿狗的年龄都写了，生日都写了，偏偏自己最心爱的儿子多大了，哪天生的，忘了。可能吗？

其实，宝玉具体几岁零几个月了，不是非常重要。小说在一开头，也就是第五回和第六回就告诉我们，他与秦可卿以及丫头袭人有了男女之事，而且是在二十四小时以内完成了两次男女之事。这说明，他已经进入了青春期。正是因为与秦可卿有了男女之情，所以秦可卿死的时候，最为悲伤的人就是宝玉啊。在小说的第十三回，曹雪芹写到，宝玉当时正因黛玉回了家，自己孤恓，也不和人玩耍了，一到晚上就早早睡去，这天从梦中听说可卿死了，忙着翻身起来，只觉得心中似戳了一刀！随后曹雪芹写道：哇的一声，直喷出一口血来。我记得有一次，我的朋友毕飞宇先生在北大讲课，我晚到了一会儿，一进门正听到他讲这个情景。吓了我一跳：谁啊，谁喷了一口血啊？听下去才知道他说的是宝玉。他认为曹雪芹用的这个笔法是反逻辑的，哪能喷出一口血来呢？我觉得他讲得很有道理。他也是从小说家的眼光看这个问题的，抓得很准。是啊，可以写他伤心流泪，可以写他捶胸顿足，还可以写他拉着身边的丫头执手相看泪眼无语凝噎，也可以让他无语独上高楼，唯独不能写他"喷出一口血来"。但这就是伟大的曹雪芹。曹雪芹在具体的细节描写上，看似非常逼真，非常写实，其实有很多不合常理的细节描写，不合逻辑的事。年龄是一例，此处

"喷血"又是一例。《红楼梦》甲戌本关于此事有一个侧批,说,宝玉早已看定,可继家务事者,可卿也。今闻可卿死了,大失所望,急火攻心,焉得不有此血? 这个批语真是俗不可耐。人们常说,有所谓的"三俗"。哪"三俗"我不清楚,但我知道肯定有第四大俗。这就是第四大俗。这就相当于北京人说的"茉莉花喂驴",河南人说的"猪尾巴敬佛"。拿猪尾巴敬佛,猪不高兴,佛也不高兴。这种侧批,宝玉知道了也会不高兴,曹雪芹更不高兴。那些家务事是宝玉考虑的问题吗? 宝玉这个准哲学家,还要考虑这些家务事? 我想说的是,"吐血"一景,真是悲伤之至。此种描写非大手笔不可为也。王国维在《人间词话》里说:红杏枝头春意闹。著一"闹"字,而境界全出。这里的一口鲜血,也是境界全出。

这是宝玉第一次直面死亡。对宝玉来说,性和死亡几乎是同时到来的。这个问题意味着什么? 意味着宝玉虽然养于深宫之中,长于妇人之手,但他的人生阅历并不少。对于他这样年纪的孩子来说,该有的,他都有了。不该有的,他也有了。那么接下来,他还将经历更多的死亡,其中最重要的死亡,自然就是黛玉之死。就人生阅历而言,宝玉的心理年龄比实际年龄要稍大一点。宝玉既是个孩子,又是个成年人。他的年龄处于一个模糊地带。宝玉的视角既是个少年的视角,又是个成年人的视角。这给曹雪芹的讲述提供了方便,给曹雪芹讲述生活、思考生活提供了极大的便利。

因为今天是创意写作课的一部分，所以我不妨就多说一点。世界上有许多名著，写的都是少年的故事。这个年龄的人，他的故事最微妙，最生动，最有趣。他有那么多的烦恼，所以歌德写了《少年维特的烦恼》。他愁肠百结，屁大一点事就能让他要死要活，一块小点心的味道，在睡觉前妈妈是不是吻了一下他的额头，他都要浮想联翩，所以普鲁斯特写了《追忆逝水年华》。我们当然也不要忘了海明威的《尼克·亚当斯故事集》，那是海明威成为伟大作家的一个重要起点。乔伊斯的《都柏林人》中有一篇杰出的小说《阿拉比》，写的是一个少年在跨入成人世界的那一刻，发现了成人世界的秘密。当然，我们也不要忘了，前天给你们上课的苏童老师的香椿树街的故事。苏童的香椿树街上，流淌的全是少年血。香椿树街的很多故事，都可以看成是中国的《阿拉比》。

所以，千万不要认为，写童年故事、少年故事，写不出好小说。契诃夫曾经有一篇不朽的经典《草原》。他的主人公还要稍小一点，好像只有九岁、十岁的样子。具体多大我记不清了。小主人公离开母亲要去求学，他随着舅舅的商队来到草原。这个经历，成为他人生中最重要的经历。小主人公对周遭发生的一切都那么在意，草原的早晨，在露水的滋润下草尖如何挺立，各种昆虫是如何鸣叫。他不仅关注大地，还关注天空呢。其中有一个细节，说的是小主人公看到天空中飞来三只鹬——鹬蚌相争的那个鹬，一种水鸟。过了一会儿，那三只鹬都飞走了，越飞越远，看不见了。于是孩子感到非常孤独。又过了一会儿,那先前的三只鹬又飞了回来。那孩子为什么认为,天空中又飞来的三只鹬就是刚才的那三只呢？有两种解释。一种是孩子眼尖,看得非常清楚,虽然它飞得非常高,但孩子看清了,没错,它们就是刚才的那三只。这说明孩子非常敏感。另外一种解释,是孩子觉得它应该就是刚才的那三只。我倾向于后一种说法。孩子很孤单,在短暂的时间内,他已经与那三只鹬建立起了友谊。他可以在瞬间与大地、人间的一切美好的事物,缔结同盟关系。当然,他也最容易受到伤害。

有多少伟大的小说,都是用孩子的视角来完成的。契诃夫通过一部小说写出了他对辽阔的俄罗斯大地无尽的热爱。海明威用尼克·亚当斯的故事,写出一个少年在成长过程中必须经过所有磨难,然后他从单纯走向成熟,他在死亡的阴影下理解活着的意义,他从对父辈的依附走向独立,他从自我微小的感受走向对社会的关注,在这个过程中他长大成人,他成为一个真正的人。

我觉得,曹雪芹选用既是少年又是成年的视角写宝玉,写得更为复杂。因为他没有明确地写出宝玉的年龄,所以当我们看到宝玉皱着眉头考虑那些人生问题的时候,我们就不觉得滑稽,我们觉得很真实。我们既觉得那是一个少年的思考,又觉得那是一个差不多算是成人的思考。重复一下,我觉得这给曹雪芹表达他的思考,提供了一个相对便捷的通道。小说中人物的年龄问题如此重要,能不慎乎?

怎么不写贾宝玉长大了

我曾经跟几个国家的《红楼梦》译者有过交流。有趣的是,他们大都不喜欢《红楼梦》。虽然他们知道《红楼梦》是中国最有名的小说,上至国家领导人,下至平民百姓,都喜欢谈《红楼梦》,但这些热爱中国文学的人,对《红楼梦》喜欢不起来。这很有趣。你和一个女人结了婚,却不喜欢她。结婚是因为女方有钱,可以吃软饭。翻译《红楼梦》,是因为拿到了我们这边的翻译资助。如果没有这些资助,相信我,他们都不愿意摸它。

他们首先就无法接受《红楼梦》的叙事方式。《红楼梦》的故事几乎是不往前走的。这跟西方小说的叙事方式差别很大。西方译者翻着书,跺着脚说:你走啊,你倒是走啊,怎么能不走呢?我又是查字典,又是找资料,连猜带蒙,好不容易翻译了其中的一回,但怎么觉得跟没翻译似的。他们觉得,曹雪芹写的都是些鸡毛蒜皮。

在另外几部古典名著中,故事发展的线索非常明晰。《水浒传》的故事无非是讲一个反叛和招安的故事。《三国演义》讲的是"分久必合,合久必分"。古典小说,描述的是一个行动的世界,人们通过行动完成一个事件,小说是对这个事件的描述,有头有尾。我们会发现,《红楼梦》中的大部分人物都失去了行动性。《红楼梦》真的不是一部标准的古典小说。既不是标准的中国古典小说,也不同于西方的古典小说。你不妨拿《红楼梦》与《傲慢与偏见》比较一下。《红楼梦》的故事,你根本无法用简单的几句话说出它写的是什么。当我拎着一个线头,说它讲了贾宝玉成长故事的时候,我自己都感觉这种说法非常粗陋。我拎着这么一个线头,不过是为了讲起来方便,不然我也无法原谅自己这么讲。

鲁迅说,一部《红楼梦》,道学家看到了淫,经学家看到了《易》,才子佳人看到了缠绵,革命家看到了排满,流言家看到了宫闱秘事。他说的就是《红楼梦》的丰富性。它实在是太丰富了,横看成岭侧成峰,从不同的角度看,都可以自成一体,别有洞天。鲁迅还有一句话,你们是知道的,说《红楼梦》写的,虽然不外悲喜之情,聚散之迹,而人物故事则摆脱了旧套,与人情小说大不相同。

这种看似写人情,又不仅仅是写人情的小说,真的能把翻译家给愁死。翻译家觉得它无法卒读,永远也读不完。今天的故事,仿佛是昨天故事的重复。它的叙事没有明显的时间刻度。贾宝玉开始的时候是十六岁,到小说的结尾似乎仍然是十六岁。虽然我们知道,这里面曾发生过很多故事,比如大观园的建立,比如元妃省亲,比如黛玉之死,但小说的叙事却奇怪得好像没有往前走过。好像有一艘大船,一艘巨大的画舫,它虽然在慢慢地往前走,但给人的感觉却没有走。既然载不动许多愁,咱就干脆不走了,咱就干脆抛锚了。

黛玉还没死的时候,只是因为听到黛玉的《葬花词》,宝玉什么反应啊?他不觉恸倒在山坡上,怀里兜的落花撒了一地。后来的黛玉之死,对了,那已经是高鹗的续本了,说到黛玉快死的时候,宝玉对袭人说,林妹妹活不了几天了,我也活不了几天了,干脆弄两副棺材,把我们一起埋了算了。袭人立即说,二爷啊,可不能这么说啊,老太太还等你长大成人呢。太太也就你这么一个儿子。看到了吧,小说都要结尾了,都已经娶媳妇了,宝玉还没有长大成人呢。

不过,虽然他还没有长大成人,但在此之前,他已经看透了人世。李清照在《武陵春·春晚》里说:风住尘香花已尽,日晚倦梳头。物是人非事事休,欲语泪先流。闻说双溪春尚好,也拟泛轻舟。只恐双溪舴艋舟,载不动许多愁。舴艋舟,是一种小船,像蚂蚱一样的小船,所以是轻舟。贾宝玉的痛苦可比李清照大多了。哪里是一只小船啊,那是一只大船,大如《圣经》里的方舟。船上载的岂止是一腔愁绪,那是一堆痛苦的石头,最沉的石头。那哪里是"春尚好",那是好大一场雪,是白茫茫大地一片真干净。我觉得,历史上的另一个宝玉——李煜,词人李煜,做过皇帝的;以及清代的纳兰性德,中国最后一个伟大的词人,那也是个宝玉。他们的词,从某种程度上也可看成是宝玉的自传。不过他们的

73

词,都没能表达出这一个宝玉复杂的内心世界。他们的词,差不多还是类型写作。

我有时候会想,照曹雪芹这种讲述故事的方法,它真的难以讲述贾宝玉的一生,难以告诉我们贾宝玉长大之后的情形。他只能够通过讲述别人的故事,告诉我们贾宝玉长大之后可能会过上什么样的生活。也就是说,贾宝玉的人生在他十六七岁的时候,其实已经完成了,以后的日子不过是山重水复。所以,我总感到,或者说我感到曹雪芹感到,似乎已经没有必要把《红楼梦》写完了。我的另一个感受是,曹雪芹本人其实也没有能力把故事写完。你们猜一下,如果我碰到曹雪芹,我会问他什么? 我会问他:你到底是觉得没必要写完呢,还是你没有能力把它写完? 这个话题,我们待会儿再说。我们现在先假设一下,如果贾宝玉长大成人了,那么他会过上什么样的生活。如果他有漫长的人生,那么在漫长的篇幅中,曹雪芹会以什么方式来写宝玉呢?

贾宝玉长大后的可能性

我们都知道《红楼梦》与《金瓶梅》有血缘关系。没有《金瓶梅》就没有《红楼梦》。伟大如《红楼梦》者,也不是从石头缝里蹦出来的。它受到了《金瓶梅》的影响。它们当然有很多区别,最大的区别是,《金瓶梅》属于集体写作,《红楼梦》属于个人写作。

《红楼梦》是中国小说史上第一部由个人单独完成的长篇小说。但《红楼梦》受到《金瓶梅》的影响，应该是有定论的。写作需要天才，但天才也要读书，现代小说家尤其如此，以后的小说家更是如此。我这里想说的是，曹雪芹肯定研究过西门庆。

事实上，如果你以前没有读过《红楼梦》，但你读过《金瓶梅》，那么当你拿起《红楼梦》，读到第五回和第六回的时候，你会觉得西门庆的故事要开始了。一个小西门庆诞生了，而且比西门庆还会玩儿，年纪轻轻的就已经这么会玩女人了。确实，贾宝玉很容易就被写成了另一个西门庆。宝玉他有这个条件啊。饱暖思淫欲，他每天可都是吃饱了撑的，还是各种补品撑的，撑得做梦都是春梦。而且，他身边又是美女如云，玉腿如林。他要过上西门庆的生活，那简直比西门庆还容易，是不是？西门庆还需要动用各种手段，绞尽脑汁去勾女人的。宝玉根本不需要。那些女孩子几乎是排着队要奉献贞操的。宝玉跟她们发生关系，那是什么？那是宠幸。当然我们的宝玉是个有平等观念的人，他不会觉得那是宠幸，他会觉得那是爱。但那些女孩子，尤其是下人，却会觉得那是天大的恩宠，恨不得奔走相告：知道吗，知道吗，二爷把我睡了。但我想说的是，即便写成另一部《金瓶梅》，写出另一个西门庆，依曹雪芹之能力，也会写成杰作。但是，那就不会是现在的《红楼梦》了。顺便多说一句，对婚外性关系的描述，是很多文学作品的主题。你去翻阅一下那些世界名著，除了儿童文学，不写通奸的还真是难找。不通奸，不成文。在世界文学史上，最著名的通奸作品当然是《包法利夫人》和托尔斯泰的《安娜·卡列尼娜》。渥伦斯基就是跑到俄国去的贾宝玉，安娜差不多就是跑到俄国去的林黛玉。连日瓦戈都通奸啊。日瓦戈也是个贾宝玉。如果将贾宝玉写成一个西门庆式的人物，或者写成与安娜通奸的渥伦斯基式的人物，也未尝不可。笔头一滑，就顺理成章地写出来了。但曹雪芹没有这样写。朋友们，你得为曹雪芹点个赞。

再简单回顾一下，书中写到的第一个与宝玉有过性关系的是秦可卿，然后就是袭人。我说了，这两起艳照门是在二十四小时之内发生的。可是，书中关于贾宝玉性生活的描写，竟然也就到此为止了，后面竟然没了。道学家要想从宝玉身上看到"淫"，还真得长一双火眼金睛。因为看不到，所以他们就说看到了"意淫"。宝玉和黛玉虽然爱得如此缠绵，但他们没有性关系。当然关于宝玉的性生活问题，书中确实有很多暗示，那是借别人之口提到贾宝玉可能与丫头们发生这种事情，比如宝玉想跟晴雯一起洗澡，晴雯说，哈，当初你和丫头碧痕洗澡，一洗就是两三个时辰，等你们洗完了，进去一看，地上的水都淹了床腿了，席子上也是水汪汪的，鬼知道你们干什么了？这是正常的。有了初试云雨情，那就有二试云雨情，就有 N 试云雨情。但曹雪芹竟然不再写了。若换成另外一个人，那肯定是大写特写的。

但是对《红楼梦》来说，有意思的地方就在这里，曹雪芹伟大的地方也在这里,他竟然再也没有在这方面浪费笔墨。他在极力避免将宝玉写成西门庆式的人物,他甚至不给你一点机会,让你往那方面去想。而与此同时,曹雪芹则一不做二不休,写了一大群淫棍,比如贾珍、贾琏、薛蟠、贾蓉、贾蔷、贾瑞。那帮人全是西门庆。他们与西门庆的区别只是不会舞枪弄棒罢了。也就是说,曹雪芹非常明确地把贾宝玉与那帮淫棍、与那帮臭男人区分开来了。曹雪芹坚决杜绝了让贾宝玉成为西门庆的可能。

他把贾宝玉写成了一个情种。于是,贾宝玉温柔的目光抚摸着每个女孩子的脸庞。贾宝玉过上了一种无欲的生活,他对女孩子只是欣赏。性的内容,色的内容,在宝玉这里似乎被抽空了。他与他最喜欢的女孩子林妹妹的爱,完全没有肉欲的意味。我们知道,宝玉的前世,与黛玉的前世,分别是绛珠仙草和神瑛侍者,神瑛侍者用甘露之水浇灌仙草,所以宝玉和黛玉的关系,隐含着一个报恩的故事。你用甘露浇灌我,我用一世的眼泪来报答你。这当中只有情,没有性,这是一个感情净化的故事,比矿泉水还干净,就像蒸馏水。所以,我们可以理解,好多女孩子喜欢宝玉,喜欢宝玉和黛玉的爱情故事,并为此洒下热泪,就像有些人动不动就喜欢打点滴。蒸馏水确实可以打点滴。

宝玉的最高理想就是与女孩子厮混。在色鬼们眼里,那肯定是白混,是不及物动词。他竟然觉得世界上最好吃的东西,就是女孩子嘴唇上的胭脂。在他眼中,女孩子不分贵贱,只要是女的就是好的。他的名言是,能够跟姐妹们过一日,是一日,死了就完了,什么后事不后事的。当他被他父亲揍了一顿之后,女孩子们哭哭啼啼来看他的时候,他是怎么说的? 姐妹们啊,我不过挨了几下打,你们就这么怜惜我。我就是死了,一生事业,纵然尽付东流,也无足叹惜了。——情种啊! 他被曹雪芹写成了无欲的情种。宝玉嘴里竟然提到了"事业"? 不过这个"事业",不是"革命事业"的"事业"。《易经》中说,举而措之天下之民,谓之事业。做了自己喜欢的事,又帮了他人,叫"事业"。宝玉的"革命事业",就是舔女孩子们嘴唇上的胭脂。这是我们现在所知道的世界上最愉快的"事业"。在这个特殊的国家事业单位里,只有一个人,就是贾宝玉。

好了,我们要问的是,曹雪芹为什么要这么写? 当然可以有各种解释。比如,你可以认为这里面有一个大的绝望,就是对中国传统文化中强调的多子多福、传宗接代的拒绝。贾宝玉成了一个反传统文化的英雄人物。他拒绝物质生产,所以他不事劳作。他拒绝知识生产,所以他不爱读书。他拒绝人口生产,所以他不做爱。他拒绝成为文化传承中的一个链条。他有爱而无欲。他遗世独立。

贾宝玉的另一种可能

曹雪芹在写贾宝玉的时候,还有一种可以选择,让他子承父业,过上父亲的生活,也就是所谓的"入仕"。这是儒教中国的一个传统。在这个传统中,我们有自己的价值系统。这个价值系统是孔孟帮我们建立起来的。中国儒学,自孔子以降,儒分八派。但不管它分成多少派,它的核心观念是不变的。说得简单一点,就是"仁义礼智信",就是"修齐治平"。这是中国历代士大夫、历代知识分子所崇尚的一个价值观。孔夫子当年周游列国,坐着一个大轱辘车,在中原,也就是在我的老家河南一带,不停地兜圈子。不过,说是周游列国,其实向北,他没过黄河;向南,只到了楚国;向西,只去过洛阳;向东,没下过大洋。但还是很辛苦。不像现在儒学家,坐的是喷气式飞机,有空姐侍候,一会儿北美,一会儿西欧。孔子周游列国就是为了向天下传播他的价值观,同时告诉天下读书人,学而优则仕。《论语》里说,仕而优则学,学而优则仕。

在贾府,上上下下的人,包括侍候他、为他提供全方位服务的丫鬟们,都劝他读书,都反复地给他讲"学而优则仕"。如果你能考到哈佛,考到牛津,考到香港科大,那当然更好。如果不能,那么你读北大也行啊。你要成才啊,成名啊,你要光宗耀祖啊。事实上,中国历代知识分子都是这么做的。这也没什么不对。我现在谈的是贾宝玉这个人物形象,对怀着成名成家的人没有贬义。《论语》里有一句话,子曰:君子疾,没世,而名不称焉。你到死了,你的名声还不被人家提起,你要引以为恨的。所以国人讲,一定要留名青史啊。你是小说家,你一定要进入文学史,不然你就白忙了。你当官,你就得从科级到处级到厅级到部级,一级一级往上爬。皇上是天子,不是靠本事、靠努力就能当的,跟个人努力不努力没有关系。但天子之下,一人之下,万人之上,你就努力地往那儿爬吧。这也没什么不好。这是积极入仕。司马迁在《报任少卿书》里说,立名者,行之极也。连陆游都说,自许封在万里,有谁知,鬓虽残,心未死。杜甫称颂"初唐四杰"的时候,说的也是名的问题:尔曹身与名俱灭,不废江河万古流。"初唐四杰"自己也是比来比去的,比的也是名。杨炯不是有句名言嘛,我呢,愧在卢前,耻居王后。——好玩得很。"名利"二字,是知识分子的一向追求。很多时候,知识分子可以不要"利",但一定要"名"。宝玉是例外。对于利,贾宝玉可以不要,这可以理解,但宝玉连"名"也不要啊。也就是说,儒家那一套价值观,对贾宝玉有诱惑吗?没有。

这里顺便说一点,多年前我曾经在《读书》杂志上看到过剑梅老师的父亲刘再复先生有一组文章,分别从儒道释文化的角度论述贾宝玉,当时就很受启发。这次我又找来看了一下。对《红楼梦》理解得最透彻的人,肯定不是红学家。因为你必须能够跳出来,你必须能够入乎其内、出乎其外。我这次再看,这种感觉更强烈了。刘再复先生就入乎其内、出乎其外。入乎其内,故能写之;出乎其外,故能观之。入乎其内,故有生气;出乎其外,故有高致。我本人不做学问,但我知道,做学问必须如此。研究晚清,必须跳出晚清。研究晚明,你必须跳出晚明。跳不出来,"晚"字何来。研究红楼一梦,你必须红楼梦醒。我必须承认,他谈得比我深刻得多。关于贾宝玉和儒家的关系,刘先生认为,宝玉是拒绝"表层儒"(君臣秩序),而服膺"深层儒"(亲情)。刘先生是借用李泽厚先生的观点来谈的。李泽厚先生的书,我也能看都看了,包括他这些年的一些对话录。你一个写小说的,看这些书干什么?我觉得没坏处。李泽厚论敌的书我也看。若有私敌,你可以了解一个人的性情。若没有私敌,你可以了解一个人的高致。刘先生认为,宝玉是"反儒"和"拥儒"的"二合一"。他对"文死谏""武死战"那一套看不惯。他对亲情看得很重。他反对等级秩序,他对所有人一视同仁。在他眼里,是一个个人,不分阶级,不分贵贱。在我看来,这超越了儒家的价值观。明摆着的,唯女子与小人为难养也,这句话宝玉就不会同意。

不管怎么说,走入仕途这一套,对宝玉行不通。

对于士大夫来说,对于中国贵族子弟来讲,你不当官,又能干什么呢?宝玉长大之后要是不当官,他能干什么呢?我不知道。

归隐吗？归隐是什么意思？你得先当官，才能隐。大隐隐于朝，小隐隐于野。还有中隐，现在的中隐隐在哪儿啊？我听内地很多学院中人的自述，好像他们就属于中隐。原来，中隐就是隐于高等学府。我心想，你们过得比我好多了。拿着国家那么多项目科研经费，每次报销出租车票，即使一天四十八小时坐出租车也没有那么多车票。这怎么叫隐？你要跟他们开玩笑，说学问做得好像也不怎么样啊。他们会说，哥们儿，这你就不懂了，急着花钱，怎么有时间做学问？急着花钱的人，不叫隐。归隐这条路，是不受重用之后的选择。宝玉压根儿就没有要受重用的想法，他怎么隐？先入世，后出世，才叫隐。不过，所谓的归隐也大都不可靠。你去看看陶渊明，翻翻他的集子，看看他是怎么隐的。不要光看到什么"采菊东篱下，悠然见南山"。他的心情从来都是不平静的，弄一个无弦琴，拨拉来拨拉去的，差不多相当于摇滚中年了。他看的是南山，其实是北山，是北山之北。他一天都没有平静过。当然这也很好，不平静才能写诗嘛。南山之下，他每天差不多都是醉醺醺的，牢骚满腹，肠子都要断了。他是很想当官的，很想弄块骨头啃啃的。

　　除了当官，宝玉其实还有一条路，那就是当和尚啊。关于当和尚，后来高鹗的续本里就是这样处理的。在小说的最后一回，第一百二十回，高鹗写到，贾政一日坐船到了个渡口，那天乍寒下雪，船停在一个清静去处。船中有小厮伺候，他在船中写家书。

写到宝玉,便停下了笔。抬头忽见船头上微微的雪影里有一个人,光着头,赤着脚,身上披着一件大红斗篷,这个人向贾政倒身下拜。贾政没有看清楚,急忙出船,扶住了那个人,问他是谁。那人已拜了四拜。贾政正要还揖礼,迎面一看,不是别人,正是宝玉。贾政大吃一惊,问道:可是宝玉吗?那人不言语,脸上似喜似悲。贾政又问道:你若是宝玉,如何这样打扮,跑到这里?宝玉未及回话,只见又来了两个人,一僧一道,夹住宝玉说道:俗缘已毕,还不快走。说着,三个人飘然登岸而去。贾政不顾地滑,急忙追赶。那三人在前,消失在茫茫大雪中,哪里还能赶得上?

我也是做了父亲的人,看到这里,将心比心,都忍不住要流泪。可这是曹雪芹的原意吗?我也有点怀疑啊。我们不要忘了,在小说的第三十六回,宝玉曾在梦中喊道:和尚道士的话如何能信?什么金玉姻缘,我偏说是木石姻缘。我们也不要忘了,在小说的开头,作者多次提到一僧一道,对他们的描述是:见从那边来了一僧一道。那僧则癞头跣脚,那道则跛足蓬头,疯疯癫癫,挥霍谈笑而至。这一僧一道,一直是那两个人吗?应该是。我们应该像契诃夫笔下的小主人公,认为天空中飞来的还是原来的那三只鹬,还是那一僧一道。这一僧一道,其实贯穿全文。在叙事上,亦实亦虚。他们出场多次,第一次和甄士隐和英莲的故事有关,后来给贾瑞送来了风月宝鉴,再后来就是一僧一道夹着宝玉消失在白茫茫大雪之中。世界上最尊贵的宝玉,最干净的人,被两个最脏的人夹着走了。这其中有多少万千情愁啊,岂是一个"恨"字了得?贾政哭了吗?高鹗哭了吗?我承认,这是非常伟大的一笔。但是,这是曹雪芹的原意吗?

还是在刘再复先生的文章中,刘先生多次提到,贾宝玉其实已经超越了一般的僧与道。刘先生认为,宝玉不求道而得道。宝玉对儒道释三家,都不是全盘接受,都有质疑,某种程度上他超越了儒道释三家。我建议你们去看一下那组文章。那组文章其实有很沉痛的一面,开头就很沉痛,因为是从聂绀弩写起的,说聂先生想写《贾宝玉论》,壮志未酬,所以不愿去住院,一定要写完。估计很多人都不知道聂绀弩是谁了。这个人不得了的。他出生在一个大家族,父辈兄弟四人,只有他一个男孩。没错,他也是个贾宝玉,这个"宝玉"后来上了黄埔二期。他后来因胡风案而受了很多苦。他的苦真是受不够啊,晚年丧女。我多说一句,聂绀弩不是要写《贾宝玉论》,他是要论自己。这本书太重要了,可惜我们看不到。有一年,我在内地充当一个图书奖的评委,有一本书是关于聂绀弩的,叫《聂绀弩刑事档案》。我眼中一热,想,这还用评吗?当然是这本书获奖!虽然聂绀弩死了,奖不奖对他本人都无所谓了,但对读者有所谓,读者应该知道聂绀弩。关于《红楼梦》,聂绀弩先生有一句话,说《红楼梦》表现的是小乘佛教的境界。我不懂小乘佛教,不敢胡说,不过我大略知道小乘佛教强调自我完善。如果聂先生的这个说法可以成立,那么贾宝玉跟我们的主流文化的种种紧张关系,确实可以看成是宝玉对自我的确认方式。这是很重要的话题,一个伟大的主题。我想,拙著《花腔》其实也触及了这个问题。

说到这里,我还是要问,假设宝玉长大了,曹雪芹会给他选择一条什么道路?我想说的是,曹雪芹本人,很可能也不知道。在中国所有的文化系统中,贾宝玉生于斯,长于斯,但又背叛于世。在中国的所有文学作品当中,他是第一个从中国传统文化中走出来的人。但走向哪里,当他成人之后,他会怎么样?曹雪芹可能真的不知道。他只知道他不会怎么做,但他不知道他会怎么做。这个问题无关曹雪芹的能力。曹雪芹不可能解决这个问题。但是,这却是我们这些后来者应该思考的问题。

后来的贾宝玉们

大家都知道张爱玲有句名言,有三大遗恨,所谓"三恨":一恨鲥鱼多刺,二恨海棠无香,三恨红楼未完。顺便说一句,我看很多人把张爱玲夸得不得了,说她多么伟大。我必须说出我的看法,她其实真的是个二流作家。这个二流作家贡献出来的这句名言,倒是一流的。当然,也有很多人提供很多证据,认为《红楼梦》已经写完了。但我倾向于认为,它没有写完。

关于它的没有写完,有一个比较普遍的说法:曹雪芹还没有来得及写完呢,就在贫病交加中死去了。上帝啊,事情哪有这么简单?没有这么简单。我不是红学家,也不是比较文学专家,但我愿意凭一个小说家的直觉,把《红楼梦》和卡夫卡的《城堡》做一个简单的比较,然后在这种比较中试着说出一点看法。

卡夫卡在西方文学史上的地位,差不多可以跟曹雪芹在中国文学史上的地位相比。这种说法准确不准确,我们暂且不管它。我们关心的是《城堡》为什么没能写完。《城堡》写的是土地测量员K,应邀前往城堡工作,他需要到城堡里与当局见面。土地测量员的身份与《城堡》的主题,有很大关系,值得写一篇论文。但是,自从这个土地测量员在下雪的夜晚到了城堡旁边的一个村子,他就陷入了种种麻烦。一直到最后,他都没有能够进入城堡。有一种说法,说K就这样在村子里打转,一直到快死的时候才接到了通知,说你可以进去了。不管怎么说,这部以"城堡"命名的小说,主人公到最后也没能进入城堡。小说对城堡本身的描写也屈指可数。他只写到,它的外观是个形状寒碜的市镇,它深深地卧在雪地里,笼罩在雾霭和夜色当中。因为进不了城堡,K只能与进过城堡的人接触,从他们那里了解一点关于城堡的事情,但是了解得越多他反而越糊涂。每个人对城堡的描述都不一样。作为一个土地测量员,他必须掌握第一手资料,但他进不去。他无可奈何,无能为力。

《城堡》的编辑者布洛德,我们都知道,他是卡夫卡遗嘱的执行人,据他说,卡夫卡从未写出结尾的章节,但有一次他问卡夫卡,哥们儿,这部小说如何结尾呢? 卡夫卡对他说,那个名义上的土地测量员将得到部分满足。他说,卡夫卡对我说了,K将不懈地进行斗争,直至精疲力竭而死。然后,村民们将围绕在他的身边。这时候,城堡当局传来了指令,说,虽然K居住在村子里的要求缺乏合法依据,但是考虑到某些情况,准许他在村子里生活和工作。布洛德的话,更增加了人们的疑问:就这么几句话,就这么一小段文字,卡夫卡为什么不把它写下来呢? 不把这个尾巴给安上去呢? 这也太不可思议了,简直不可理解嘛。如果卡夫卡只写了这么一部小说,那我们或许还可以说,这是因卡夫卡英年早逝,死前拿不动笔来了,所以没有把这个结尾安上去。问题是,在《城堡》之后卡夫卡又写了很多小说。所以,这个该死的布洛德,竟然把很多读者、很多批评家给骗了。我大胆猜测,卡夫卡也不知道怎么把《城堡》写完。因为他不知道,要不要让K进入城堡,他不知道K进了城堡之后怎么办。

依我之愚见,《红楼梦》和《城堡》的未完成,意义非凡。刚才有朋友问,怎么从学理上来分析它的未完成性? 我只提一点。巴赫金的复调小说理论中,专门提到了小说的未完成性。当然他用的概念跟这里的"未完成性"还有点差异,但你不妨借用一下他的说法,来看看这两部真正未完成的小说的"未完成性"意义。顺便说一下,在中国古典小说中,真正可以用复调小说的理论来分析的小说,首选《红楼梦》。

它的未完成性,是一个重要的隐喻。它敞开着,它召唤起后人,起码在召唤后世作家思考一个问题,那就是你如何写出后世的贾宝玉?你如何安排 K 进入城堡,以及 K 进了城堡之后怎么办?我觉得,这是曹雪芹和卡夫卡留给后世作家的任务。

《红楼梦》对中国现当代文学的影响是非常深远的。在中国现当代文学的很多名著中,你都可以看到《红楼梦》的影子。当然,到目前为止,这种影响主要体现为对家族叙事手法的继承。巴金的《家》,老舍的《四世同堂》,林语堂的《京华烟云》,都可以看到这种影响。在当代,陈忠实的《白鹿原》,铁凝的《笨花》,苏童的《河岸》,格非的《人面桃花》,毕飞宇的《三姐妹》,也都可以隐隐约约地看到《红楼梦》的影子。其中运用得非常成熟的,是借用父子冲突,借用家族故事,来讲述百年中国的故事。在这些故事中,我们当然也经常能够看到贾宝玉的身影。虽然很多作家在处理相关问题的时候可能不够自觉,但鉴于《红楼梦》的影响已经深入作家的无意识中,那么,我们仍然可以认定,他们的写作与贾宝玉有关。

一方面是《红楼梦》的影响,另一方面也是因为在革命年代里,在后来的日子里,确实有很多贾宝玉式的人物要给作家们提供丰富的素材。当年投奔延安的那些学生,其实大都是贾宝玉。我爷爷和他的两个哥哥,当初就投奔了延安。他们都是读书人,他们是河南一所师范院校的学生,背着家人跑去了延安。到了延安之后,他们有的读了延安自然科学院,有的进了抗大。到了延安还得读书?他们也觉得没意思。事实上,我们知道,国共双方的高级将领,除了个别拎着菜刀闹革命的人,有很多都是贾宝玉,有些贾宝玉是先读私塾,后又出国,后又回国,然后在战场上兵戎相见,捉对厮杀。前面提到的聂绀弩,就是黄埔军校毕业的。黄埔军校里的那些人,大都是贾宝玉。

如果把贾宝玉放到现在,换句话说,如何在当代复杂的语境中,看待贾宝玉的形象?当代的贾宝玉都会遇到什么问题?又如何去表达这些问题?我想,这其实是一个比较严峻的问题。它涉及一系列主题,比如如何在个人与社会之间建立起一个有效的建设性的对话关系?如果我们把贾宝玉看成是个性解放的象征,那么个性解放的限度在哪里?个人性的边界在哪里?贾宝玉往前走一步,是不是会堕入虚无主义?虚无主义的正面价值和负面价值该如何分析?什么是真正的个人性?这个问题,是小问题吗?我知道这两天很多人都在谈论发生在巴黎的恐怖袭击事件。其实剧场里那些吃着摇头丸的演员和观众,以及向他们射击的人,有很多都是贾宝玉。我想人们可能已经知道了,投奔恐怖组织 IS 并且成了头目的人,都不是穷人,都是富二代、富三代,有些甚至是在五大联赛踢球的职业球员,钱多得不得了。《红楼梦》里说的"富贵闲人"指的就是他们。

事到如今，我不妨再抛出与上面那些问题相关的一个看法：我们或许会看到，贾宝玉的所有行动，严格说来并不是来自个人的选择。事实上，他的行动带有相当大的被动性。他的行动与当代所说的人的主体性的建立，还有相当的距离。但这不是曹雪芹的错。这不是曹雪芹能够解决的问题。这或许也不是我们这代人、以后的几代人，能够说清楚的问题。但这是我们应该面对的问题。

那就让我们和贾宝玉一起成长。谁说写作的各种可能性已经穷尽？至少，这个时代的真正意义上的成长小说，至今可能还没有几个人想着要动笔呢。

话题有点严肃了。现在说个段子。几个月前，音乐剧《红楼梦》在北京第二次上演之前，编导找到我，希望我能为《红楼梦》写一首片尾曲。我套用《红楼梦》中的句子，改写了部分字词，诌了一支曲子。在我的想象中，要借用姜白石的古谱来谱曲。但后来正式上演的时候，人家只用了其中几句。现在我把它献给大家，献给那些不倦地探索自我意义的朋友。我把他们当中很多杰出人物，看成是最美好意义上的贾宝玉：

开辟鸿蒙，谁为情种，岂只为风月情浓。

纵然是，齐眉举案，到底意难平。

想眼中能有多少泪珠，怎经得，春流到夏，秋流到冬？

望家乡,一帆风雨路三千,离合皆有前定?

有谁辜负了,红楼春色,到头来只是古殿青灯。

连天衰草,天上夭桃,好一派霁月光风。

一场欢喜勿悲辛,正是乘除加减,上有苍穹。

画梁春尽,镜里恩情,更哪堪梦里功名?

别轻言食尽鸟投林,别轻言落了个大地白茫茫真干净。

石头记,记金陵十二钗;风月宝鉴,鉴照红楼一梦。

字字看来皆是血,增删五次,西山下宝玉大梦初醒。

十年辛苦不寻常,都云雪芹痴心,谁解雪芹深情?

我知道我说的有很多错误。奇谈怪论,姑妄听之。感谢你们耐心听完。谢谢了。

2015 年 11 月 18 日

本文系作者在香港科技大学的演讲

文学是一种质疑,是一种对话

　　麦家刚才讲到文学与夜晚,我想他是"望文生义",知道这是文学之夜,就讲了文学与夜晚。他非常喜欢马尔克斯和博尔赫斯。马尔克斯就是在白天写作。他说,最好的写作地点就是白天的妓院。妓院里,晚上欢声笑语,白天寂静一片,很适合写作。我本人是既在白天写作,也在晚上写作。博尔赫斯的情况,比较特别,因为他是瞎子。他不知道那是白天还是夜晚。对他来说,白天也是晚上,晚上则很可能当成白天。麦家别的观点我都是同意的。尤其是,我们都知道,到了夜晚,你可以从白天的一个相对理性的世界中暂时抽身,一个非理性的世界像麦家提到的那只猫头鹰那样开始翱翔,理性与非理性进入了一个博弈的或者说对话的场域,它确实更接近艺术。

　　陈彦刚才介绍了自己成功的经验,说一个伟大的作家应该同时是小说家和戏剧家。你就是这样的人,可是我没写过戏剧,所以我是个失败的作家。刚才付秀莹谈到,每个作家在写作方面都不甘心。我认为她说对了一半,因为我就很甘心。我写得很慢,很多时候,我认为写不写都无所谓。我曾经说过,这辈子只写三部长篇。我已经写了两部了,第三部什么时候完成,我都不知道。所以付秀莹,你说的那些不甘心的作家,应该把我从中开除掉。

我说这些话,除了表明我刚才听得很认真,还为了表达一个观点,就是文学是一种质疑,文学是一种对话,文学是要表达差异。每个人,即便他是麦家、陈彦、付秀莹,即便他是伟大的博尔赫斯和马尔克斯,即便他是更加伟大的但丁,你也要对他们的话保持质疑。这是对写作者的基本要求。你要有自己的观点,要敢于与他们对话。有一个作者问托尔斯泰,怎么才能成为像你这样的大作家?托尔斯泰说,你具备成为一个好作家的所有优点,但你缺乏一个成为大作家的缺点,那就是偏见。他所说的偏见就是要有自己的观点。所以今天,我讲完之后,你们可以完全不同意。你们要是不同意,我是很高兴的。

《应物兄》去年年底出版之后,在网上、在媒体上有各种各样的讨论。我和我的写作也不断被引入各种各样的讨论。对于所有这些讨论,甚至包括一些人身攻击,我全都接纳了,虽然很多观点我并不同意。熟悉我的人都知道,我是很强调小说的对话性的。小说现代性的最重要的标志就是对话性,它包含着作者和读者的对话,作者和作品中人物的对话,作品中人物之间的对话,以及读者和作品中人物的对话。所有的对话都伴随着争议、质疑，而争议和质疑会打开小说的空间。

我在1980年代进入大学读书，我经常说1980年代是我的文化童年，有时候也不无矫情地说我是1980年代之子。我当时在华东师范大学，这所学校在1980年代曾经是中国文学批评和文学写作的重镇，出了很多作家、很多批评家，他们都是我的老师。那时候有很多争论，经常从午后持续到深夜甚至黎明，然后大家还要翻过后门到外面的小巷里吃饭，吃饭的时候竟然还能碰见熟人。他们争论什么呢？就是现代主义，就是现代派小说。整个1980年代中期，我们完全被西方现代主义吸引住了。今天陈彦老师和麦家老师提到的很多现代派作品，我在1980年代就读完了。有一些作品可能读不懂，越是啃不动，你觉得它越高级，越要啃个不停。我是在图书馆挨个看书的时候读到博尔赫斯的。马原当初到华东师范大学演讲的时候，我问了他一个问题：你是否受到博尔赫斯的影响？他认为不可能有人知道博尔赫斯，所以他当时说，这是不可能的，因为我不知道这个人。下了讲台，他就对别人说，今天有一个学生看懂了我的小说。

现在的读者可能很难想象，受现代主义影响的作家，也就是当时被称为先锋派的作家，当时其实是不考虑读者的。考虑也没用，因为他们的作品，除了专业读者，没有别的读者。如今的畅销书作家余华，发行量每年几百万册，但当时也没有读者。某种意义上,这是他们自己的选择。因为现代主义的核心观念就是要写自我,要抒发自我,至于有多少读者我不关心。我们不妨认为,在相当长时间里,中国式的现代主义首先是一种自我指涉的游戏,与外部现实没有多大关系,与作家置身其中的语言现实的联系,非常薄弱。他们书写遥远的过去,他们在深山老林里寻根,他们书写三四十年代的地主大院,但他们几乎不直接触及当时的现实。

在 1980 年代向 1990 年代转换之后,每个人开始关注自己和现实的关系,每个人把自己遭遇的现实和久远的历史、和 2400 多年的历史进行一个真实有效的连接。到这个时候中国敏锐的批评家、敏锐的作家,他们开始意识到现代文学史上还有更重要的潮流就是现实主义。我记得非常清楚,一批激进的作家开始了对托尔斯泰、对狄更斯、对巴尔扎克重新阅读,并由此打开了一个新的空间。他们开始真切地意识到必须关注脚下的这片土地,关注自己的经验和现实构成了怎样复杂的关系。

我本人就是在这个时期真正走上写作的。我的所谓成名作《导师死了》,写的就是当代知识分子的生活,这成了我后来作品的重要主题,一直到今天。事实上,写下关于现实的小说,关于中国当代人的生活的小说,不仅是我一个人的努力。在 1990 年代,我和我的同代人,有一批作家,在做着相同的努力。他们不再像先锋派那样进行激进的形式主义实验。他们从形式实验中后撤半步,在关心怎么写的同时,关心写什么。

进入新世纪之后,当中国全面地,被迫或者主动,或者欲拒还迎,不管以什么方式,卷入全球化进程之后,前面的作家,我这批作家,以及在座的付秀莹这批年轻的作家,开始关注一些全球化之后形成的新的现实。其实不是你关心不关心,而是新的现实扑面而来,它深入生活的各个角落,从城市到乡村,从庙堂到市井,你甚至无可躲避。乡村的变化,都是惊人的。一个农具在这一刻都仿佛具备了新的意义,需要得到新的书写,所以我写了《石榴树上结樱桃》。在此之前,因为关注当代人与历史的关系,我重新审视知识分子的心灵史,所以我写下了《花腔》。接下来我用了十几年时间写出了《应物兄》。

在写作《应物兄》期间,我强烈地感觉到一个基本的事实。这一点,我在《应物兄》中借人物之口提到了:有关过去、现在和未来的普通观念其实是陈腐的。时间的每时每刻,都包含着过去和未来。现在只是一个瞬间,未来会在其中回溯到过去。在这种观念中,你感受到的不是伤感,而是谦逊。当你面对着滔滔的大河,那时间之流的时候,你是不会沉浸在个人的哀痛之中的。所以在这部小说中,两千多年前的孔子,那些诸子百家,他们同时在场,他们以语言主体的方式进入这部作品中,与当代对话。

当我写这些小说的时候,我同时意识到小说里面包含的基本的变形、夸张、反讽,其实来自现代主义的训练。当你要表现目前的复杂现实的时候,你必须在相当程度上借助现代主义的手法。因为现代主义发生发展时的社会状况,和中国目前的社会状况有相当大程度的契合。产生现代主义的土壤,此刻真实地出现在了当代的中国。

现代主义的核心观念就是表达自我,表达个人存在的价值,表达个人的诉求。现实主义文学,之所以在某一个阶段被认为是虚假的,浅显的,幼稚的,是因为我们从中无法看到自我,看不到个人的诉求。所以我觉得我们目前所需要的文学,是一种现代主义的现实主义文学。

我本人希望能够成为一个现代主义的现实主义作家,而且我也希望更年轻的一代作家能把自己置于历史的深处,能够从文学史的脉络中走来,走进现实。当你在书写现实主义的作品时,你必须受到现代主义训练。当你试图模仿那些现代主义作品去表达自我的意义、自我价值的时候,你也应该意识到你是身处在中国的现实之中。

2019 年 12 月 13 日

本文系作者在《南方周末》"N—TALK 文学之夜"的演讲

我还是一个新手

从事写作已经三十年了,但我还是个新手。

一个形容词,就能把我给难住。诗人帕斯在纪念博尔赫斯的文章中说,博尔赫斯死了,再也不会为一个形容词而犹豫不决了。看到这句话,我的眼泪都要下来了,我同时也得到了安慰。一个新手从一个巨匠那里得到的安慰,总是显得弥足珍贵。

现在,我又从评委这里得到了安慰,谢谢主办方和各位评委。

写作就是在词与物之间建立起联系,并且不断地调整这个关系。我从博尔赫斯那里受益良多,曾经多到产生了副作用的地步。这当然不是博尔赫斯的错。我的意思是说,上世纪 90 年代中期以后,我日渐意识到,我们面对的现实与博尔赫斯面对的现实几乎是两种截然不同的现实。

我们只能努力寻找与我们的现实相对应的那个词,用它来形容我们纷纭变化的现实,用它来描述我们的警觉,我们的希望。

中国发生的伟大变革,我们每个人都置身其中。我知道,几乎所有的作家,都试图用自己的方式对此做出回应。我们已经看到了许多杰出作家投身于此。

在一个共同的语境里,他们的创作实践对我也是极大的鼓励。这不是客套。我倾向于把这个时代的写作,看成是一种义务劳动,看成是在为一种更成熟的写作铺路。我虽然不是语言上的本质主义者,但我确实相信,在很大程度上,我们可能都是在为一种更成熟的语言而努力。

2005年春天,当我着手写作这部小说(《应物兄》)的时候,虽然我事先做了详细的案头工作,但我仍然没有料到写作过程会如此艰难。我一次次地感受到自己还是个新手,一次次地感受到写作的困难,也一次次地想过是否放弃。如果不是因为朋友们的鼓劲和催促,如果不是意识到它也需要见到它的读者,它可能真的无法完成。

这部小说出版之后,得到了一些赞誉,当然也收到了一些责骂。我尊重那些善意的批评,我把它看成是文学对话的一部分。熟知我的作品的读者,或许可以从我的作品中读出来,我是多么尊重对话。在我看来,对话既是文学生态的应有之义,也是现代小说文本的基本要求。

谢谢你们对一个写作新手的宽容和鼓励。

2019 年 5 月 25 日

本文系作者获第十七届华语文学传媒奖

"年度杰出作家"答谢辞

回到最珍贵的时刻

各位评委,各位嘉宾:

晚上好!

文学倾向于描述那些珍贵的时刻:它浓缩着深沉的情感,包含着勇气、责任和护佑,同时它也意味着某种险峻风光。作者和有经验的读者常常都会感动于此。

除了与读者共享那样的时刻,写作者还必须诚恳地感谢命运让他与此相遇。第十届茅盾文学奖评委将此重要的奖项授予《应物兄》,无疑让我重新回到了那个珍贵的时刻,并让我有机会在此感谢命运的馈赠。

2005 年春天,我开始写作《应物兄》的时候,无论如何不可能意识到,它竟然要写十三年之久。十三年中,我们置身其中的世界发生了太多的变化:我们与传统文化的关系,我们与各种知识的关系,都处在持续不断的变化之中。所有这些变化,都构成了新的现实,它既是对写作者的召唤,也是对写作者的挑战。一个植根于汉语文学伟大传统中的写作者,必须以自己的方式对此做出回应。对我个人来说,这个回应的结果,便是这本《应物兄》。

在这本书中,我写到了一些人和事。他们就生活在我们身边,与他们相处常常让人百感交集。他们中的那些杰出人物,都以自身活动为中介,试图为我们的未来开辟新的道路。他们浓郁的家国情怀,使他们的事迹有如一个寓言,有如史传中的一个章节。

感谢各位评委! 请允许我把你们的勇气、责任和护佑看成是对汉语文学的美好祝愿。感谢各位嘉宾! 让我们一起带着这美好的祝愿,共同去见证汉语文学的险峻风光。

在此,我也要感谢人民文学出版社和《收获》杂志社。你们对作家的支持和帮助,从来都是当代文学史上最动人的篇章。

2019 年 10 月 14 日

本文系作者在第十届茅盾文学奖颁奖典礼上的答谢辞

辑三　从"李花腔"到"应物兄"

写作可以让每个人变成知识分子

——答傅小平

巴尔扎克的那句话依然有效，
作家在某种意义上就是时代的书记员

傅小平：因为《应物兄》与《花腔》都是以知识分子为主角的长篇小说，并且在写作时间上有承续性，我在读《应物兄》的过程中，会不自觉地以《花腔》作对照。我的感觉是，同为具有丰富性和复杂性的两部小说，《花腔》我刚开始读得一头雾水，但读着读着就觉得慢慢敞亮起来。读《应物兄》，没觉得像有的评论家说的难读，反倒是读得挺畅快、明白的。但正因为读着畅快、明白，越是读到后来就越是多了一些困惑。我的困惑在于，我看似明白，但我真明白了吗？或者说，我局部看了个明白，是否小说整体上有我不明白的东西？所以，我跟评论家潘凯雄的感受一样，觉得以你的能力,你一定在这些明明白白后面藏着一些什么,但非要我猜是什么,我又说不好。我只是隐约感觉到,你写《应物兄》应该有着很大的雄心,应该包含了诸如为时代命名之类的意图。

李洱:作家可以对文学现象、文化现象说话,但不应该对自己的某部作品说得太多,因为这会对读者构成干扰。《花腔》《石榴树上结樱桃》出版的时候,我就提醒自己要少说话。本质上,我是一个害羞的人。公开谈论自己的作品,总让我有一种严重的不适感。因为工作关系,我每年要参加多场作品研讨会,但直到今天我仍然很排斥给自己的作品开研讨会。当年在河南文学院,我担任着文学院创作部主任一职,说白了,就是给大家组织各种研讨会。但直到调离河南,我也没有给自己开过研讨会。

关于给事物命名,你知道,这几乎是每个作家的愿望。巴尔扎克的那句话依然有效,作家在某种意义上就是时代的书记员。那个著名的开头,你肯定记得,就是马尔克斯《百年孤独》的那个开头。很多人都注意到小说第一句的三维时空,其实接下来马尔克斯又写到,河床上有许多史前巨蛋般的卵石,许多事物都尚未命名,提到的时候还须指指点点。这句话,其实透露了马尔克斯的豪情,他是在用自己的方式给事物命名。没错,小说是一种特殊的命名方式。《应物兄》里有一首短诗,芸娘写的:这是时间的缝隙,填在里面的东西,需要起个新的名字。这是我所崇敬的芸娘的自诉,当然也可以说是我隐秘的愿望。

傅小平:《应物兄》虽然上下卷都围绕济州大学拟引进海外儒学大师程济世,筹建儒学研究院这一核心事件,但两个部分是有明显区别的。如果说上卷表现内容在学院围墙之内,下卷则充分社会化了,但要说下卷重在通过建研究院这一事件,反映当下社会问题,我看也未必。这样会给人小说半部学院知识分子小说,半部社会问题小说的感觉?你自己怎么看?在你构想中,上下卷有着怎样不同的诉求?

李洱:写的时候,没想到要分上下部。我很少考虑小说的篇幅问题。《石榴树上结樱桃》本来是中篇,写着写着变成了长篇,就是这个原因。我的所谓成名作《导师死了》,本来是个短篇,让程永新拧着耳朵捏着鼻子修改,改着改着变成了中篇,也是这个原因。刘稚(人文社责编)曾建议,出版的时候不分上下卷,我基本同意了。但后来有朋友说,应该分为上中下三卷,不然读起来不方便,眼睛累,胳膊酸。那就折中一下吧,分成上下两卷。我同意你的说法,后半部分,非学院的人物出现得更多。这是故事情节决定的,所谓与时迁移,应物变化。

傅小平:显而易见,你在小说里写到的学院要比钱锺书在《围城》里写到的学院复杂多了。所以,要从小说表现内容的丰富度和复杂度上,说《应物兄》是《围城》的升级版,是把它窄化了。我看该是出于把《应物兄》放在一个参照系上言说的需要吧,拿来对比的作品还有《儒林外史》《斯通纳》《红楼梦》以及戴维·洛奇、翁贝托·埃科的小说等等。但再深入对比,会觉得其实《应物兄》和这些作品都没有太多可比性。这或许是面向的时代不同,作品自然也应该不同吧。再说,你大概也是想着写一部原创性很高的小说,也未必希望听到这部小说像其他什么作品,它为何就不能像它自己呢?虽然如此,你应该是借鉴了一些叙事资源,只是小说里提到了那么多书,也像是无迹可循,不如直接请教你吧。

李洱:我愿意用最大的诚意来回答你,但愿你能感受我的诚意。你提到那几部小说,我都读过。对《围城》我当然是熟悉的,他的《管锥篇》我也拜读过。但我不知道,甚至压根都没有想过,这部小说与《围城》有什么关系。既然有朋友把它和《围城》相比,我想那应该有某种可比性,但我本人不会这么去比。开句玩笑,把它与《围城》相比,就像拿着猪尾巴敬佛,猪不高兴,佛也不高兴。但朋友们要这么比,我也没办法。坦率地说,在漫长的写作时间里,我再没有翻过《围城》,再没有翻过《儒林外史》。埃科的小说,我很早就看过,后来也读得较为认真,并参加过关于埃科的学术对话。埃科的符号学研究其实没什么原创性,但小说写得确实好。我对他的小说评价很高,高过很多获诺奖的作家。《红楼梦》我当然比较熟悉,下过一点功夫,后来我去香港讲课,讲的就是《红楼梦》。中国作家四十岁以后,或多或少都会与《红楼梦》《金瓶梅》相遇。我想,我可能受到过它们的影响,但我不知道我在哪种程度上受到了影响。或许在方法论上有某种影响?但我本人说不清楚。林中的一棵树,你是说不清它是如何受到另一棵树、另几棵树的影响的。听到有人把《应物兄》跟《斯通纳》比较,我才找来看看,看了几十页。说真的,我还没有看出《应物兄》跟它有什么相似之处。那本书写得很老实。我的书好像比它要复杂得多。

傅小平:当然,我们说到叙事资源,也未必非得是文学作品或小说作品。像应物兄的代表作叫《孔子是条"丧家狗"》,是很容易让人想到北大学者李零的畅销书《丧家狗》的。王鸿生认为,李零对孔子及其一百五十五个门徒(包括他儿子孔鲤)的细致梳理,对《论语》的当代化解读,显然给了李洱不小的启发。他也因此认为,李洱不回避小说跟现实的对位关系,甚至有意为之。是这样吗?

李洱:我开始写这本书的时候,李零教授的那本书好像还没有出版吧?我后来看了李零教授的著作,写得很有趣。我没有注意到他怎么去梳理孔子与门徒的关系。几种主要的儒学流派,我还是略知一二的。

傅小平:要深入理解这部小说,评论家王鸿生的《〈应物兄〉:

临界叙述及风及门及物事心事之关系》,恐怕绕不过去。当然了,他对这部小说的一些赞誉,还有待时间检验。他同时还把现当代知识分子题材小说捋了一遍,说了这么一段话:"《围城》精明、促狭,《活动变人形》辩证、直露,《废都》沉痛、皮相,《风雅颂》因隔膜而近似狂乱,这些书写知识分子的经典杰作和非杰作,都可以作为《应物兄》的文学史参照。当然,也正是因为它们的成就、经验和教训,为《应物兄》的诞生提供了不可或缺的前提。"他同时还说:"至少,在汉语长篇叙事艺术和知识分子书写这两个方面,《应物兄》已挪动了现代中国文学地图的坐标。"我想借他的话问问你,他提到的这些作品,你是否做过分析式解读,以期吸收它们的成就、经验和教训? 你怎么理解他说的"挪动现代中国文学地图的坐标"?

李洱:王鸿生先生的那篇评论,当然是一个很重要的评论。我不知道是不是他本人最重要的评论作品。他的那几句话,如果我没有理解错的话,是想梳理一个微型的写作史,一个知识分子生活的写作谱系。这是批评家天然的权利,我作为被批评的人,只能表示尊重。在我看来,《围城》和《废都》都是杰作,已有定评,而《应物兄》还有待于读者和批评家、文学史家的检验。《活动变人形》,我应该还是在华东师大图书馆阅览室看的,那时候我还在上大学呢,当时看得不是太明白,后来没再看过。我很喜欢王蒙先生的中短篇小说,比如他的《杂色》和《在伊犁》,我在杂志社当编辑的时候,曾约复旦的郜元宝为《在伊犁》写过评论。我或许需要再重复一遍,写作《应物兄》的时候,我没有再去分析过那些"经典杰作"和"非杰作"的经验和教训。王鸿生教授所说的"挪动现代中国文学地图的坐标",到底是什么意思,你应该问他。按我的理解,他或许主要是想说,这部小说可能触及了写作者可能遇到的一个根本性问题:在这个时代,汉语长篇小说的抒情如何可能?

百科全书式小说,与其说是一种文类,不如说是一种道德理想

傅小平:说《应物兄》是一部百科全书式小说,大概是最不会有分歧的。以"百科全书"一词来形容这部小说的丰富性和复杂性,再合适不过啊。但我还是疑惑,在如今这个信息极其发达的时代里,"百科全书"还值得那么推崇吗?要是福楼拜活过来,我想他或许会再写一部21世纪的《庸见词典》,但会不会乐意再写《布瓦尔与佩库歇》呢?当然,我们也可以说,你了解信息再多,说不定你盲点更多,更不代表谁都能当自己是"百科全书",所以更需要有百科全书式的小说。依你看,在我们的时代里,写出百科全书式小说,有何必要性?

李洱:哦,福楼拜要是活过来,肯定会接着写《布瓦尔和佩居

歌》。百科全书式小说，首先是一种认知方法，是作家应物的一种方式。百科全书式小说，也有各种类型，比如《红楼梦》是百科全书式的，《傅科摆》是百科全书式的，你甚至可以把王安忆的《长恨歌》、阿来的《尘埃落定》、金宇澄的《繁花》也看成百科全书式的。百科全书式小说，与其说是一种文类，不如说是一种道德理想。借用罗兰·巴特的话说，那是一种仁慈。

在小说中，各种知识相互交叉，错综复杂，构成繁复的对话关系，万物兴焉，各居其位，又地位平等。大狗叫，小狗也要叫。狗咬狗，一嘴毛。你之所以认为《应物兄》是百科全书式的，大概因为它涉及很多知识。但你要知道，没有一部小说不涉及知识。知识就是小说的物质性，就是小说的肌理和细节。越是信息发达的时代，这种小说越有其合理性：我们被各种知识包围，就像被四面八方的来风吹拂。它们本身即是百科全书式的。当然，我也同意你的说法，更多的信息有可能形成信息盲点，但这是小说值得承受的代价之一。

傅小平：百科全书式小说，该是强调知识含量的。但小说并不是辞典，不应该是知识的罗列。所以，我比较关心，在这样一部有着丰富知识的小说里，你怎样在知识之间建立联系，又怎样把知识转化为见识，把见识转化为小说的叙述？

李洱：那我就再多说两句吧。我同意你的说法，小说不是辞典,不是知识的罗列。任何一部现代意义上的小说,尤其是长篇小说,不管从哪个角度说,都是古今一体,东西相通,时空并置,真假难辨,并最终形成一个多元的共同体。简单地说,它忠实于真实的生活经验,当幕布拉开,它必定又同时是梦幻、历史和各种话语的交织。在这里,朴素的道德关切从未被放弃,梦幻般的道德诉求已经艰难提出。最终,小说叙事与真实的生活以及生活所置身其中的文化结构及历史结构之间,形成一种若明若暗的同构关系。或许需要进一步说明,真正的现代小说家,无一不是符号学家,他必须熟悉各种文化符号,必须训练出对文化结构和历史结构的直觉。而作为一种叙事话语的小说,这个时候,怎么能够离开各种各样的知识。所以,我倾向于认为,小说家的准备工作和案头工作,在这个时代显得格外重要。那种靠所谓的才气写作的时代,早就过去了。

傅小平:从知识构建的角度看,说"《应物兄》的出现,标志着一代作家知识主体与技术手段的超越"是不为过的。对于小说写作来说,难就难在怎样把"对历史和知识的艺术想象""妥帖地落实到每个叙事环节"。这就难了,太难了,弄不好"观念大于小说""思想大于形象"啊。我估计你应该深思熟虑过这个问题。

李洱:对于"观念大于小说""思想大于形象"一类问题,我关心的角度可能不太一样。比如,我可能更关心,一部小说有没有观念,有没有思想。20世纪以来,有观念、有思想的小说,两只手都数得过来,当然我说的是属己的观念和思想。事实上,如果观念和思想是属己的,那么就不存在观念和形象分离的问题。

傅小平:《应物兄》的故事时间,如王鸿生所推断,设置在21世纪第二个十年的某一年内。但前后延展开来的时间,要长得多了,可以说涵盖了上世纪80年代以来迄今中国思想史变迁的全过程。用评论家臧永清的说法,在具有现代性的哲学观照下,怎么把知识和思想史这种看不见摸不着的东西化为一部小说所必需的行为描述,李洱做出了极有价值的建构。我由此联想到你在小说里写到的,李泽厚先生的两次出场。上世纪八九十年代时,他的到来让人激动不已。到了近些年,李泽厚到上海某大学演讲。他刚一露面,女生们就高呼上当了。她们误把海报上的名字看成李嘉诚先生的公子李泽楷。你应该不是在小说里为了写思想史而写思想史,那到底要通过梳理思想史流变表达一些什么呢? 也可能不止是反讽。

李洱:因为考虑到读者接受问题,我对小说中涉及思想史的内容,已经主动做了大量删节,包括对李泽厚思想的一些讨论。小说中提到的那两个场景,前一个场景,我当时就在现场,当然在具体描述上,在时间地点和出场人物上,我做了变形处理。我其实并没有太在意做什么思想史的梳理。思想史方面的内容,简单地说,都是人物带出来的,是叙事的需要,因为那些人都有自己的文化身份。你提到的这两个场景,怎么说呢,我无非是想说,萧瑟秋风今又是,换了人间。

傅小平:说到思想,我就想起十来年前思想界和文学界的那场争论。部分思想界人士提出"当代文学作品脱离现实,缺乏思想乃至良知","中国作家已经丧失了思考能力、道德良知和社会承担"。部分文学界作家指出思想界也有"三缺":常识、阅读量、感知力。我印象中,你被认为是当下少有的,有思想能力的小说家之一。不妨说说,你怎么理解作家得有思想,或有思想能力?

李洱:对于那种笼统的,大而化之的指责,我不可能发表看法。作家得有思想能力,这是对作家很高的要求。你打死我,我也不敢说自己做到了。我只想从最简单的问题谈起,就是一个作家,你应该写出只有你能写的小说。做到这一点,可能会带出一些思想性问题,因为你自己就是一个世界,你忠实于经验,又与自己的经验保持一定距离,那个距离就是思想的发祥地。

傅小平:赞同王鸿生说的,写这部小说,李洱必须眼睁睁地盯着瞬息万变的"当下",不断想象着"以后",回忆和筛选着"过去",并将其编织、缝入流动的"现在"。而这样摇曳、动荡的内在时间意识,将注定这部小说是难以终结的,是永远也写不完的。

他这样一种偏哲学化的表达,倒也是说出了一个再明白不过的道理:写当下是困难的。这部小说迟迟写不完与你写当下直接相关吗?但你最终把它写完了,那写完了,是否意味着它并不是一本像卡夫卡《城堡》那样注定写不完的小说?当然认为这部小说"难以终结"也有道理,应物兄被一辆车掀翻在地的时候,虽然小说结束了,但里面很多故事实际上还没展开,也还没结果……

李洱:当下是最难写的,尤其对中国作家来说。原因嘛,就像王鸿生先生说的,这个"当下"瞬息万变,变动不居。这个时代的作家面对的问题,不知道比曹雪芹和卡夫卡当初遇到的难题大出多少倍。你知道,因为变化太快,你的生活尚未沉淀出某种形式感,它就过去了。所有的器物,更新换代太快了,它尚未进入记忆,就已经淘汰了。而贾府门前的石狮子,是千年不动的,它已经成为一种稳定的心理结构的一部分。你只要粗略想一下,你就知道这对惯常的写作会构成多大的影响。对作家提出指责当然是容易的,提出要求当然是应该的,但比指责更重要的是,要从写作角度提出对策,比如我们的修辞应该如何做出必要的调整。在我看来,这样的批评可能是更负责任的批评。具体到这部小说,我想不出还有别的结束方式。

傅小平:说到写当下,很多作家都试图找到一种叙事,可以容纳五光十色的经验,但似乎被碎片化的现实困住了。不少作家都只能抓住一个或几个点，由此写出一些小长篇聊以自慰。但难就难在能穿透现实，给予这个时代一个总体性的观照。应该说，《应物兄》做了一次很值得一谈的试验。用评论家李敬泽的话说，这部小说很可能是一个正好就和这个时代能够相匹配的巨型叙事。那这到底是一个怎样的巨型叙事，又怎样与我们的时代相匹配？或者换个问法吧，在你看来，与时代匹配的长篇小说或巨型叙事，该多长，多巨型，又该怎么长，怎么巨型？

李洱：只要与你的经验表达相适应，就行。该多长就多长吧。

傅小平：说来也是这些年的老生常谈了。因为对小说等虚构作品失望，现在不少读者转而对非虚构写作抱有很大的希望。似乎非虚构代表了未来文学的主流。我注意到，不少写小说的作家，也在一些场合声称自己越来越少读小说，看得比较多的是非虚构作品。不知道你的阅读怎么样？我看你在这部小说里提到的作品，也大多是非虚构作品以及学术著作。说说你怎么看这个问题吧。

李洱：就文学读者而言，看虚构作品的人，或许还是要比看非虚构的人多。你不妨去做个调查。人们对虚构作品的兴趣，或许有所减弱，但不可能消失。这是因为虚构作品与人类的梦想有关。我前面好像提到了，小说既是真实经验的表达，又是对梦想、现实的重组，对反省和诉求的重构，这涉及人类的心理模式和时机动机。所以，从根本上说，认为小说会消失的观点，是难以成立的。确实有些小说会消失，我是说它在文学史的意义上会消失，但小说作为一种虚构叙事作品，作为一种认识方法，不可能消失。我自己的阅读历来比较庞杂，我读过很多非虚构作品，比如历史学和社会学著作，但也读小说。

《应物兄》是以反抒情的方式，实现了抒情效果

傅小平：据我所知，这部小说曾考虑过《焰火》《风雅颂》等书名，到最后才正式命名为《应物兄》。对于为何《阿Q正传》之后，中国作家依然不敢以人名作为小说的题目，你做过一个解释。你说，在一个社会兴旺发达，每个人成为自己的主体的时候，他才敢于以人名作为书的题目。这个解释很有启发。不过，在西方文学传统中，以人名做书名是很早就有了，比如塞万提斯的小说以人名为书名的居多。但他生活的年代，应该很难说每个人都成了主体。我的意思是说，中国小说不以人名为书名，或许还有别的原因。另外，不知你这里说的每个人是特指每个作家，还是泛指社会上的每个人？所以，还有必要再进一步问问你为何在这部小说里，以人名为书名，而且我印象中，这在你写作生涯中也是首次吧？

李洱：这个问题，我以前好像回答过。用人名做书名，20世纪

以前比较常见，《包法利夫人》《大卫·科波菲尔》《安娜·卡列尼娜》《约翰·克利斯朵夫》《简·爱》《卡门》等等，太多了，数不胜数。它们通常都是现实主义作品，常常会讲述一个完整的故事，来对应某个历史时期，来描述某个人在历史中的成长。在这些书中，主人公带着自己的历史和经验向读者走来。这个主人公同时还是一面镜子，主人公、作家、读者，同时在那面镜子里交相辉映。你写了这个人，你就写了那段历史。也就是说，人物的生活和他的命运，自有他的历史性，自有他的世界性。但在现代主义文学运动之后，这种情况就比较少了。其中原因非常复杂。简单地说，最主要的原因，可能就是福山所谓的"历史的终结"，人物的历史性和世界性大为减弱。当然在中国，情况比较特殊。中国的古典小说，一般不用人物的名字来命名。反倒是以鲁迅先生为代表的现代小说家，开始用人物的名字来做书名，比如《狂人日记》《阿Q正传》。个中缘由，同样复杂。因为历史时空错置，鲁迅式的命名方式与西方现代主义小说其实有着异曲同工之妙：它虽是人物的名字，但这个名字却具有某种概括性、寓言性或者说象征性。鲁迅之后，这种命名方式就几乎不见了。为什么？非常值得研究。当我以《应物兄》这个名字来做小说题目的时候，我想，我表达了对文学的现实主义品格的尊重，表达了我对塑造人物的兴趣，同时我觉得它也具有某种象征性。

傅小平：对于应物兄，是否成了自己的主体，我是有所保留的。他对社会，对自己承担起了责任吗？总体看下来，他是有所逃避的，他难能可贵的一点是，保持了某种像王鸿生所说的"间距性"。他虽然是局内人，但多少保持了一种旁观色彩。你怎么看？估计不少人都会问你应物兄有没有你自己的影子。王鸿生就在他那篇文章里写道："要知道，应物兄额上的三道深皱，无意识地把别人的打火机装入自己口袋的积习，冲澡时用脚洗衣服，喜欢看'双脚交替着抬起、落下，就像棒槌捣衣'，实在与生活里的李洱严丝合缝啊。"有意思的是，不少媒体都不约而同给你的名字也加了前缀，李洱顺理成章成了"应物兄"李洱。

李洱：应物兄是虚己应物，他当然有担当，他比大多数知识分子都有担当。说他没担当，说他逃避，这是你作为读者的权利。你有你这么说的权利，但同样作为一个读者，我不敢苟同。

傅小平：应该说，王鸿生对应物兄这个人物做了深入的解析。他说，你创造出了一个公正的、悲天悯人的叙述者。我的阅读感觉略有不同，倒像是在这个人物身上读出一点加缪笔下默尔索式冷漠的气息。你是怎么设想这个人物的？

李洱：他不是翻译过来的默尔索。他一点也不冷漠。或许应该指出一点，法语中的默尔索，与汉语中的默尔索，是两个默尔索。法语中的默尔索，生活在悖谬之中。这也是加缪不认为自己是存在主义作家的原因。

　　傅小平：通篇读下来，赞同王鸿生说的，应物兄虽然对全书至关紧要，但在作品中并不占有中心位置。那是不是说，虽然这部小说实际上更像一部群像小说，而要从整体上考量你写到的这么多人物，倒像是应了评论家付如初说的："《应物兄》虽然没有写出个体的悲剧感，却写出了一个群体，一种身份的大悲剧。"我想说的是，你似乎以喜剧的方式，写出了一种悲剧性。也就是说小说局部是喜剧的，有各种戏谑、饶舌、荒诞、反讽，诸如此类，但整体上看有悲剧性。

　　李洱：我同意王鸿生的看法。付如初的看法，也值得尊重。我本人倾向于认为，这部小说是以反抒情的方式，实现了抒情效果。

　　　　　　　　　　　　　　　　2019 年 2 月 22 日

长篇小说是对世界与现实提出的一个疑问
——答张杰

这是一部小说,切勿对号入座

张杰:《应物兄》这个名字,很有意思,带着调侃,又有点一本正经。通读整部小说,我还有一个感受:字里行间总带着幽默、反讽的调子。好像是有一个上帝视角。我的感受准确吗?

李洱:这部作品的视角比较复杂,包括有限制的第三人称,也有内在的第二人称,还有内在的第一人称。好在它没有影响读者的阅读。你所说的"上帝视角",我只能说,它来自历史的纵深处,它就在那儿等着你。

张杰:书中描写了形形色色的人,尤其是知识人的言谈和举止,非常地道、真切,以至有些人现在就叫你"应物兄"。应物兄这个人物,有你本人多少影子?

李洱:确实有不少人把应物兄跟我本人联系在一起。不少朋友现在就喊我"应物兄"。以前,一些朋友喊我"李花腔"。我只能认为,这是朋友间在开玩笑。从写作的意义上说,如果应物兄是我,那么孔繁花和葛任也是我,甚至《应物兄》里面的那只"济哥"也是我。任何人写作的时候,他既是他,又不是他。在写作的时刻,他会一分为二、一分为三。他既是福楼拜,又是倒霉的包法利先生,还是口含砒霜的包法利夫人,甚至还是捧读《包法利夫人》的读者。他带着自己全部的经验坐到写字台前,但他的经验并不仅仅是他个人的经历。按休谟的说法,经验就是活泼的印象。对写作来说,它其实是想象的综合;而所谓想象,则是记忆的生长。这种奇怪的体验,每个写作的人都有体会。作家把一个人写活了,人们常常就会把这个人与作家本人的生活联系起来。这是作家的写作给读者带来的幻觉。"应物兄"肯定不是我。我写的也不是某种具体的人、具体的高校。现在,北大的朋友说我写的是北大,华东师大的朋友说我写的是华东师大,我原来任职的高校说我写的是它。朋友们言之凿凿,把我也说得一愣一愣的。真的不是,切勿对号入座。有朋友说,我写的是老家济源,但济源并没有这么一所综合性大学。

张杰:《应物兄》的中心情节是济州大学儒学研究院筹备成立

123

和迎接儒学大师程济世"落叶归根",围绕着济大几位著名老教授:古典文学研究泰斗乔木、考古专家姚鼐和古希腊哲学专家何为老太太,还有世界级儒学大师、哈佛大学东亚系教授程济世,以及这些大师众多的门生、弟子和友人展开。《应物兄》最带劲的是,终于有作家写中国的当下,写当下学院里知识分子的精神众生相,而且写得这么好。我看到有人这么描述你:"始终坚持知识分子写作立场。"对此,你自己是怎么理解的?

李洱:这部小说中,学院知识分子人数的比例,只占三成。肯定不到四成。更多的人,生活在学院高墙之外。不信你可以挨个数一下。更多的人,是学院外的人。其中有很多人,就是我们的邻居,就是我们每天需要打交道的人。事实上这也是很多非学院知识分子感兴趣的原因之一吧。当然我承认,我确实关心知识分子问题,关心他们的处境,也比较留意他们头脑中的风暴。我愿意从写作的角度,谈知识分子问题。这里只说两点,这也是容易被人忽略的基本常识:一、任何一个写作者,即便他是个农民,是个下岗再就业的工人,是个保姆,当他坐下来握笔写东西的时候,在那个瞬间,他已经脱离开了原来的身份,变成了一个知识分子。他在回忆中思考,用语言描述,怀揣着某种道德理想对事实进行反省式书写,并发出诉求。所以,写作可以让每个人变成知识分子。二、中国新文学的发生,就是从写知识分子开始的,是从《狂人日记》开始的。事实上,中国文学的每次变革,都是知识分子写作的变革。了解文学史的人,对此都会有印象。

张杰:在《应物兄》里有很多关于儒学圈的话题。为什么对儒学这么感兴趣,以至于要写进小说里,而且当成很大的一个主题故事背景?

李洱:儒学本身就是一种应对世界的学问。《论语》上来就说:"有朋自远方来,不亦乐乎?"它要应对外来的人和事。儒学的核心观念"仁"这个字,本意说的就是人与人的相处,互爱、互敬。我们所说的"仁义礼智信",说的都是人与世界的相处,对吧?小说里,主人公也必须应对各行各业的人。这才是一个儒学家应该干的事情:万千世界一起进入他,他不是一个人,他本身就是一群人。他要用自己的方式应对,这就是所谓"应物"。他接触官场、商界、海外、江湖,都是很自然的。对他来说,江湖之远,在此不在远方。小说也写了自然科学家、出家人。其实,只要处于中国文化这样一个大的场域里,这些人、这些物,就是儒家文化的一部分。不过,严格说来,不能就此认定这是一本儒学小说,就像你不能认为《战争与和平》是写战争文化的小说,《安娜·卡列尼娜》是写通奸文化的小说。但我们同时也都知道,一个中国人,无论过去还是现在,无论对儒家文化持什么态度,都无法脱离与儒家文化的复杂关系。我们现在待的这个会议室,沙发的摆放、照片的排列顺序,包括绿植的布局,甚至包括天花板的装饰,都是儒家文化的呈现。中国现代文学馆是个博物馆,你到国外的博物馆一看就知道,它们的差别是很明显的。在各种各样的学术当中,儒学和现实的关系最密切。儒学是入世的,儒学处理的就是现实问题。在国内,即便你一个研究西方哲学的人,即便你是个女权主义者,你与儒学的关系也是分不开的。

我这辈子只写三部长篇

张杰:在这本小说中,有知识与知识的博弈、心智与心智的撞击、观念与观念的互否、真理与真理的辩驳。在你看来,怎样的人才能称得上知识分子?

李洱:这有各种各样的定义。简单地说,首先他有自我意识,我就是我;另外一种就是他也是我,就是有公共关怀意识。他是他,我是我,我认为这个观点不是知识分子。我是我是第一步,那么他也是我,这样的人我认为他就是知识分子。知识分子确实要从私人空间进入公共空间,这是毫无疑问的;否则他不叫知识分子,否则他只是一个艺人。知识分子就意味着你要进入一个公共空间,并且在这个空间里面注入个人的理解,试图让这个公共空间打上你自己的印记。写作,既是表达自我,又是与自我的争论,同时又必须与一个更广大的世界联系在一起。

张杰：小说《花腔》写的是延安知识分子，这个题材还是挺小众的。

李洱：有些朋友可能忘了，《花腔》的主人公葛任，原名葛仁，也跟儒学有关。上世纪三四十年代那批知识分子的生活，我当然也很关心，看了很多史料，鲁迅、陈独秀、李大钊、瞿秋白，还有西南联大那一批人。许多材料有意思极了。比如瞿秋白在游西湖的时候，第一个反应是漂亮，人间天堂；第二个反应是，应该填掉，马上填掉。为什么要填呢？因为国破家亡，底层人民都在受罪，而我却在游西湖、看景呢。一种原罪感缠住了他。我想，关注现代史上的知识分子，可以发掘出许多对今天的现实依然有效的资源。

张杰：您对知识分子精神状况持续感兴趣的原因何在？

李洱：首先当然是因为我熟悉他们。可以说，几十年来，我每天都在与这个人群打交道，某种意义上相当于每天都在深入生活。我熟悉他们就像熟悉自己的脸，熟悉自己的心跳。他们的爱之深、责之切，他们的历史感，他们与现实的摩擦系数，都与我们的历史、现实和未来有关。所以，我很自然地要去写他们，带着挥之不去的感情去写他们。其次，自然也有文学上的考虑。你知道，严格说来，中国新文学就是从写知识分子开始的，比如鲁迅的《狂人日记》。写知识分子其实是中国现代文学的一个重要传统。

我自认为,自己受到这个传统的影响。

张杰:在变化如此快速、复杂而丰富的时代里,人内心的迷茫,其实是渴望一个作品,给它一个形式来表达、呈现出来。《应物兄》得到读书界如此热烈的回应,跟它精准描摹和表达的是我们当下时代有很大关系。

李洱:对于古今中外的所有作家而言,现实都是难写的。对于中国作家而言,现实肯定是最难写的,因为变化太大了。我有时候觉得,要真正理解中国的变化,人类的智力似乎有点跟不上。写现实,对中国作家构成了巨大挑战,这个挑战肯定比曹雪芹当年遇到的挑战大得多,它对作家的知性能力和叙事能力,提出了极高的要求。我想我这辈子只写三部长篇。写一部关于历史的,就是《花腔》;写一部关于现实的,就是这部《应物兄》;如果上天眷顾,我希望十年之后能拿出我的第三部小说,关于未来的。当然,这当中我可能会写些稍短一些的小说。这么长的小说,我不会再写了,也写不动了。

再伟大的作家也需要培养

张杰:一部作品出版后,就不再仅仅属于作者。读者可以从不同角度去透视去理解这部小说。《应物兄》2018年12月出版以来，一度引起各界关注。它跻身于各家图书排行榜，重量级评论家纷纷发表看法。比如在上海举行的一场研讨会上，来自上海和江苏两地的近三十位评论家围绕《应物兄》展开研讨，现场发言踊跃，甚至出现了争抢话筒的情况。有人说，这是一部巴尔扎克式的百科全书，有人将它譬喻为升级版的《围城》，有人称其为几代作家向《红楼梦》致敬的重要收获。身为作者，看到不同方向的解读，总体来说，你是怎样的感受？是不是有的解读连自己在写作时也未能预料到？

李洱：我一直不愿开研讨会。国外的研讨会，作者是不到场的。但愿某一天，国内再开研讨会的时候，人们可以习惯作者不到场。作者到场，其实是对与会者的不尊重，因为你会给与会者造成压力。其实作者本人也有压力。具体到上海的那个研讨会，是我去上海开另一个会的时候，知道有这么个研讨会在等着我。朋友们的热情，我实在无法拒绝。会上，听到批评家指出这部小说写作的难度，我能够感到他们对我的同情，对用汉语写作长篇小说的人的同情。至少到目前为止，很多解读，包括误读，我事先是有预料的。当然，也有些想法，我写的时候没有注意到。有些线头，我写的时候，没有明确的意识，现在他们帮我挑了出来，这也增加了我对小说的认识。所以，无论如何，我要感谢批评家。

张杰：你的很多作品都是在《收获》上发表的。包括这次《应物兄》的完成,也跟《收获》杂志主编程永新多次催稿有关。作家跟编辑的关系是一段佳话。

李洱:如果没有程永新的催促,这篇小说何时完成,真的很难说。很多年了,他一直关心着这部小说的进展。从学习写作到现在,他对我帮助甚大。有时候,一句话两句话,他就可以点醒我。这样的编辑,确实是良师益友。因为写作时间拖得太长,所以看到他,我常常觉得心中有愧。小说发表之后,他来北京开会,我拿出两瓶2005年的茅台酒,陪他和朋友难得喝了一次,以表歉意和感激。

张杰:写《应物兄》,从2005年动笔到2018年底完稿,你写这部小说竟用了十三年。其间母亲去世,儿子出生。母亲病重的两年半,你频繁往来于北京、郑州和济源三地,在病房里有时也打开电脑写几页。2019年回家,大年三十傍晚,你在母亲坟前烧掉一部八十余万字的《应物兄》?

李洱:我曾经很坦率地承认,在写作过程中有过一些艰难时刻,有写作方面的,也有人生遭际方面的。这当中出现的最痛心的事情,当然是母亲病逝。你知道,母亲的目光常常就是儿子前行的动力。我们当地的风俗,是大年三十的时候,要有一个仪式,去坟地把老人接回家过年。在母亲的坟前,我实在抑制不住自己的泪水。我烧了一套书,告诉母亲,我把书写完了,这也是尽人子之责吧。

张杰：一个人能潜心十三年写一部作品，这需要很大的定力。很多人都会担心被遗忘，希望以尽快的速度拿出作品。而你能够静下心来，保持定力，一写十三年，很多人很敬佩。

李洱：写作的时候，作家通常不会去考虑外界的评价，无论是好的评价，还是不好的评价。你唯一要做的，就是按照自己的想法去写，按照人物的发展逻辑去写。对我自己而言，我在书的后记写了，我每天都与书中人物生活在一起，如影随形。这当中，当然也有朋友催促。不过，我还是尽量按照原有的节奏去写。当然，我承认，如果没有朋友们的催促，如果不是意识到它也需要见到它的读者，这部小说可能真的无法完成。所以，在后记中，我不由得动了感情。我说，当我终于把它带到读者面前时，我心中有安慰，也有感激。

张杰：与一些作家看重创作中的灵感、天才不太一样，你比较看重知识，重视训练。这背后有着怎样的文学理念？

李洱：我不大相信什么灵感不灵感的。李可染在谈到绘画的时候，有一句话，说要想画好，而且让别人承认你画得好，必须满足四个条件：天分、勤奋、修养、长寿。按我的理解，这里面说的勤奋和修养，指的就是知识的积累，其中包括技巧的训练。受过专业培训的诗人、作家,他写的东西都很有道理,同时还有意外。而天才的作家们,不讲道理,很多时候就写不下去了。有道理的和没道理的,我还是倾向于要经过严格专业训练的。很多人说福克纳是天才,但福克纳和海明威一样,都经过很严格的训练,不然写不出那样的作品。

张杰:现在的作家,基本上都接受过大学教育,在系统知识素养方面,普遍比上一代的作家好。对于大学里不负责培养出作家的说法,你怎么看?

李洱:再伟大的作家也需要培养,伟大的作家也是可以培养的,他也需要阅读,需要积累。那种野生的文学,在我看来已经过去了。野生的、不经过培训、自由生长的时代,它已经过去了。比如"五四"的时候,新诗刚出来的时候,像粉碎"四人帮"后出现的一些诗歌,那些是野生的,是直抒胸臆的,像伤痕文学,也包括"十七年"文学里面讲述自己经历的作家——这些作家本人大概没有经过严格训练,却从事了写作。我在现代文学馆工作,接触到了太多的手稿,都是编辑改过的。《红岩》就是改了三分之二,包括《青春之歌》等等,都是编辑改出来的。说句实话,严格说来,它们都不能算是个人创作。后来的文学就是专业性很强的。一个作家,他必须知道文学发展到了哪一步,他必须知道基本叙述技巧,而这个必须经过后天的学习。前两天我在北师大开会,他们说中文系出的作家很少,我说你们不要哀叹,外语系出的好翻译家也很少,好的翻译家有几个出自外语系? 有一次,韩少功对我说,好的翻译家都出自中文系。当然,好作家确实很少出自中文系。但是,中文系也出了好多作家,还是比别的系要多一点吧? 不要绝对。当今比较重要的作家,大多是从高校里面出来的,或者是回高校深造的。仅有的几个例外,在青年时代也有过在不同文化背景下生活的经历,那其实也是一种大学。相对完整的教育,使写作者知道别人走到了什么地方,可以少做无用功。现在躲在山沟里发明一台三轮车当然也很了不起,问题是如今连拖拉机都不准随便上街了,跑得更快的航天飞机已经把人送上月球了。

鲁迅是现代意义上的第一个乡土作家

张杰:很多读者知道你,是通过《石榴树上结樱桃》这部小说。小说的故事核是一个村庄的换届选举,讲述乡村女干部孔繁花寻求选举连任的一系列故事。结尾是个欧·亨利式的小反转:殚精竭虑、稳扎稳打应付危局的现任村委会主任,最后发现,她一开始就掉进了下一任设的局。你对乡土题材的小说,怎么看?

李洱:我一直想写一部关于乡村生活的小说,就是现在的乡村生活,因为你只要对乡村有了解,你就知道,现在的乡村跟二十年前的乡村完全是两个概念。二十年前的乡村,相对而言是比较

133

封闭的,那时候的一些民居甚至与半坡时代的民居没什么两样,黄泥小屋,野草铺顶。现在的乡村,已经被卷入全球化了,人的价值观念也有很多变化,各种戏剧性情景的出现,都出乎人们的预料,甚至出乎当事者的预料。乡村生活的各个层面,包括价值观、婆媳关系,还有养猪、养鸡、鸡蛋要卖到哪儿,诸如此类都出现了变化。读者可能更关心情节,其实那种石榴树结樱桃式的细节,在小说中比比皆是。包括小说的语言也出现了很多变化,不是一句话两句话就可以用故事说出来的。

张杰:由于城镇化的迅速推进,现在乡村社会发生了很大变化。当下的乡土经验更加复杂,这带给作家全新的书写挑战。你是怎么思考的?

李洱:说到乡村的变化,我想,到了20世纪90年代,建立在家族伦理、土地契约之上的乡土文明,作为一种可以真实触摸到的文化形态,差不多已经瓦解了。商品经济的出现,使得古风荡然无存。全球化、互联网,好像拆除了所有的篱笆。欲寻桃源好避秦,桃红又是一年春。没了,再也没了。这是中国乡村发生的最大变化。不过,问题的复杂性在于,你又必须意识到,中国社会的性质,在相当大的程度上依然是乡土性的。被某些人在电影中反复展现的所谓大院文化是乡土性的,一些国际活动的宴席是乡土性的,我们营造出来的光和影都是乡土性的。它就在那儿,一直在那儿。人们对某种文化的感知,对地域性的认识,是来自交流,来自另一种文化的刺激。正像族群意识不断被刷新,是来自流动、来自全球化的刺激一样。越是全球化,人们对传统文化、对乡村文化越是缅怀。所以对乡村生活图景,都应该放在一个比较大的文化背景下去考量。一种比较传统的乡村经验,在两千多年来的诗词歌赋当中已经得到了一遍遍书写。后来鲁迅的小说,给乡村经验的书写提供了另一种方法。鲁迅是现代意义上的第一个乡土作家。他也是第一个提出"乡土文学"概念的人。"乡土文学"这个概念的提出,显然就是另一种观念另一种方法观照和处理的结果。现在,鲁迅所提醒的方法并没有过时,只是我们现在的语境比鲁迅那个时候复杂多了,现在连启蒙都需要重新启蒙。

长篇小说在试图与"碎片化"对抗

张杰:一般情况,长篇小说主要是靠故事情节推动。在讲好故事的同时,还能保持文笔灵动的小说家,是非常少见的。但是看《应物兄》,随便翻开一页,都能顺畅读进去。你的叙述非常细微、新鲜而具有美感。这是现当代长篇小说非常难得的一个品质。你如何看待长篇小说的独特功能和魅力?

李洱:《红楼梦》就不是靠故事情节推动的,靠的是无数的细节、无数的知识、无数的疑问。长篇小说，主要不是指篇幅长。长篇小说可以看成作家和读者共同完成的关于世界的总体性想象。它是经验的晶体，有多个切面，你可以从不同的切面去观察它，观察它所构筑的世界图景。有一种说法认为，世界早已分崩离析，人们愈来愈生活在一个"碎片化"时代。这可能说出了部分现实。但长篇小说仍然试图与它进行对抗，使人们的意识有可能从碎片构成的迷雾中走出来，在盲目性中发现自我与世界的真实关系，并提醒你不断积极地调整这种关系。在我看来，这可能是长篇小说存在的重要理由。这也就可以理解，为何那么多作家愿意为此孤注一掷，那么多读者愿意为此全力以赴。你想了解这个世界，你想借由文字进入这个世界，当你捧起一部长篇小说，事实上你就开始与这个世界进行真实的对话。

张杰：现在生活因为各种碎片化价值不大的信息很多，导致人很容易精力分散，很难专注到一件事上。有耐心阅读长篇小说的人，是远远比不上那些在手机上看短视频的人多。对于文字本身、纯文学在当下时代存在的意义和价值，你是如何看待的？

李洱：你或许也有这样的感受，手机上接收到的信息，绝大多数是无聊的、负面的、重复的信息。它们貌似与你的生活有关系，其实没有太大的关系。或者说，它们与你不是真实的关系。你看到别人起高楼，看到别人宴宾客，看到楼塌了，它也只是在一秒钟之内刺激了你的神经而已。一秒钟之后,你的脑子又成了一片空白,连个影子都没有留下。事实上,这已经成了我们每天都能看到的景象。请相信,此种情况对人类的情感、对人类的思维甚至人类的智力发展,都有极大的负面影响。我想,阅读长篇小说——当然我说的是真正有价值的长篇小说,有可能缓解这种糟糕的趋势。真正的长篇小说,对世界、对现实提出了疑问,一个长长的疑问。这不仅仅是作者的疑问,也是作者与读者共同的疑问。

2019 年 5 月

"知言行"三者统一,是我的一个期许
——答舒晋瑜

《花腔》之后的第十三个年头,应物兄带着他额头上与生俱来的三条皱纹,和我们见面了。

问:《应物兄》的整体架构,一开始就确定了吗? 在漫长的写作过程中,你有没有调整过?

李洱:总的架构,包括这种标题方式,包括故事走向,很早就定下来了。小的调整当然有很多,直到交稿的最后一刻还在调整。我写东西,不管是中短篇还是长篇,脑子里有个大致线索,对于第二天要写的东西,也会大致想一下,却从来没有详细提纲。我比较忌讳想得太细,因为那样写的时候会失去新鲜感。但写的过程中,我习惯反复修改。

问:毫无疑问应物兄是主角,有多重身份:济州大学著名教授,济州大学学术权威乔木先生的弟子兼乘龙快婿,济州大学筹备儒学研究院的负责人,还是济州大学欲引进的哈佛大学儒学泰斗程济世的联络人……几乎所有人物都与他有关。他的孤独,他的忧患意识,他的思想,他的善良(见到蝈蝈的尸体居然也有疼痛感),当然也有知识分子的软弱。在喧嚣纷乱却又生动可信的现实中,他营造了一个自己的世界,也有一套和世界和平相处的方式。我想知道的是,应物兄身上,寄托了你怎样的理想和期待?

李洱:知、言、行,三者的统一,是我的一个期许。你知道,我们常说,知无不言、言无不尽,常说言行一致,常说言必行、行必果,但一个做事的人,要做到这一点,非常困难。我昨天晚上看费孝通的日记,看到他说了一句话,是他年近九十的时候说的,说他这一辈子遇到的所有人当中,言行一致的人,不超过十个。我顿时有一种大绝望。我看林默涵的自传,在自传的最后,他谈到一生的教训竟然是,他在很小的时候,父亲给他说过,为人不要太老实,遇事不要说实话,他后悔自己没听老人言。要知道,这可以说是中国顶级知识分子的心声。看到这样的话,你怎能不有一种彻骨的悲哀。这部小说用了很多篇幅,来讨论知、言、行的关系。具体到应物兄,我想,他活得确实不容易。但又有谁活得容易呢?都不容易。在我们的生活哲学中,在我们的民间智慧中,有一句话叫宁愿得罪君子也不得罪小人。君子的道路为什么越走越难,就是这个原因。而我们的应物兄,就是个君子。当然,小说要处理的主题,比我说的这些要复杂得多。

问:寻找并养殖蝈蝈,寻找在城市版图上消失了的仁德路,寻找在济州餐桌上从来没有听说过的仁德丸子,成了济州市筹建儒学研究所的重要工作。还有小说中先后出现的宠物,对于宠物的赔偿简直是一场闹剧……能谈谈你的思路吗?在最初构思这部大作的时候,是否这些具体细节已经出现在计划中?

李洱:小说的细节,有的是事先想过的,更多的则是写作的时候临时闪现的,目不暇接,挡都挡不住。宠物,哈,是的,小说里出现了很多宠物。相信我,在中国任何一个高档小区,宠物的数量都超过常住人口。只要你稍加留意,你就会知道,小说里写到的那个场景,其实是比较常见的。

问:儒学院在你写作之初还没有出现,但在你写作的过程中遍及世界。这种超前的预见,不会是偶然的巧合吧?还有一处巧合是《孔子是条"丧家狗"》,你写作时这本书尚未出版,《应物兄》出版时,这本书已是旧有的出版物了。你和李零认识吗?交流过吗?

李洱:写一部长篇小说,从准备到完成,需要很长时间。如果从冒出那个念头算起,时间就更长了。在写《花腔》的时候,我就已经写下了一些关于《应物兄》的笔记,当然那个时候,这部预想中的小说还没有定下题目。《花腔》中,关于葛任与儒家的关系,已经有一些讨论。葛任其实也是无家可归,无枝可栖,就像个丧家犬。鉴于儒学在中国文化传统中的特殊地位,我一直想写这样一部小说。所以,这不是巧合。如果我告诉你,我在三十年前的一部小说中,就描写了智能手机对人的影响,你是不是也要说,那是一种巧合?不,这只能说,写作者对文明发展的趋势,常常会有一种强烈的想象,或者说直觉。至于你所说的李零教授,我至今没有见过。这部书与李零教授没有一点关系。听到有人说,这部书对李零教授有影射,我真的感到无奈。

中国作协副主席阎晶明认为整部《应物兄》通篇具有这样的特点:人物是穿梭的,故事是推进的,悬念一环套一环,但整个场景又让人感觉是平面的。

问:小说中布满关系之网,师生关系、男女关系……在写作的时候,是否有一张人物关系图?书里的人物,有些是和现实生活中人物能够对得上号的,真真假假,虚虚实实,而且还出现了众多我们熟悉的人物,你在写作中需要把握虚实结合的分寸和技巧。能谈谈你的原则吗?还是兴之所至?

李洱:你说的那些人,当他们出现在小说中,他们就已经不是他们个人了,而是公共的文化符号。让虚构人物和他们生活在一起,只是为了增加小说的现实感,或者说营造非虚构的幻觉。有一个基本的事实,在大众传媒时代,人们对虚构作品的兴趣大为减弱。这时候,小说修辞学需要做出某种应对。用非虚构的方式写出虚构作品,是我这些年的一个探索方向,在《花腔》的一些中短篇小说中,我已用过多次。其实,小说修辞学的要义,就是直抵真实的幻觉。

问:小说中涉及的"事实",比如"早在1743年,《纽约时报》就在头版位置刊登了一篇关于孔子的文章,题为《孔子的道德》";还有709页注释中应物兄改定后的文字,"见于《从春秋到晚清:中国的艺术生产史》第108章"——我竟然真的去百度搜索验证真伪(可见我是多么迂腐的读者),我想了解你为写作这部作品所付出的准备和艰辛。比如你是否阅读了海内外儒学家的主要著作? 能否简单谈谈在你看来海内外儒学著作有何区别?

李洱:海内外儒学家的主要著作,确实看了不少,包括一些自传、对话录。倒不全是为了写这部小说,我对此本来就有兴趣。海内外儒学的对比分析,我在小说中借人物之口,从不同角度多次提到。有一点可能需要说明,至少在我回答你这个问题之前,就我视野所及,还没有一本名叫《从春秋到晚清:中国的艺术生产史》的著作。

问:为什么采取这样的标题?《论语》是这样的标题,《应物兄》要首先完成形式上的某种对传统的致敬吗? 还是认为,非此类标题莫属?

李洱:《诗经》也用这种标题方式,第一篇叫《关雎》。这种方式,意在让言行与万物得以自在流转,互相组合。作者的主体性暂时后撤,所谓虚己应物。你当然可以理解这是在向《论语》《诗经》致敬。对这部小说而言,我觉得这种方式是必要和妥当的。

问:小说中涉及大量经史子集知识。尽管你认为马尔克斯说过"小说有多长,它的注释就应该有多长"来解释自己的写作,但是好像中国的作家,没有太多人真正实践。据你了解,马尔克斯这么做过吗? 如果做过的话,效果如何?

李洱:马尔克斯不仅是这么说的,也是这么做的。他的每部小说,都要做很多案头工作。他这么说,不是为了谦虚,实在是对写作这项工作的尊重,是他对这项工作的要求。效果如何,众人皆知。

问:小说没有回避社会中的不良现象和现实生活中所遭遇的各种问题,也不回避文化发展中令人棘手的部分。但是写作的时候,有时候却是调侃的反讽的荒诞的。很想知道你在写作时的状态。

李洱：我知道你这句话的潜台词。关于我与反讽的关系，已有论文问世，这里我不妨顺便多说两句。中国第一个反讽大师是鲁迅，最伟大的反讽艺术家也是鲁迅。鲁迅本人深受克尔凯郭尔的反讽观念的影响，《应物兄》对此也有讨论。在中国新文学史上，反讽就像一只狐狸，时常出没于各种文本。你在鲁迅绝大多数小说和杂文中，在老舍的《猫城记》、钱锺书的《围城》以及张天翼的小说中，都可以经常看到其身影。甚至在沈从文的很多小说中，你也可以感受到。反讽不同于幽默，它是一种看待世界的方式。反讽在很大程度上，是现代主义和后现代主义的一个标志，也是现实主义文学向现代主义文学转变的一个标志。它带毒，是草药的毒。一种可以称为反讽现实主义的方式，在一定程度上可以看成我处理现实和面对文学传统的方式。

问：有一些描述感觉可有可无，比如《钢化玻璃》一章，应物兄远远看到一只狗对着一棵树撒尿，撒尿抬的左腿还是右腿；比如687页对狗的揣测："它在思考什么问题呢？"比如在医院里看到一位截肢女孩，仅存的玉足趾甲上涂着的蔻丹……这些细致的描写，在小说中起到怎样的作用？

李洱：我曾经写过一个中篇就叫《玻璃》。玻璃在存在主义哲学中，是一个重要的"物"。萨特和加缪对此都有描述。小说中本来有一段话，引用加缪的话，后来删掉了，因为我不想让人对应物兄与存在主义的关系产生过分联想。对这部小说来说,写到一些看似无用的细节,是为了无限地逼近现实,包括那些看似微不足道的现实,包括那些心理现实。昨天我在飞机上看到,李安用120帧方式拍电影,我觉得与《应物兄》的方式有点类似,就有无限地接近现实。还有,应物兄看到什么,都会站在对方的角度想问题。至于那只小狗,此时此刻,应物兄就在揣摩撒尿的小狗在想什么。至于截肢少女玉足趾甲上的蔻丹,是为了突出强烈的反差,一种残酷的反差。

问:《应物兄》揭露了一些现象和现实中的丑闻。你怎么评价知识分子精神气质的变化?书中有一句"那家伙"的警句:"中国知识分子,最他妈的像犹太人!"

李洱:犹太人时刻处于文化的延续、撕扯和断裂之中。作为一个公共文化符号,犹太人不仅被看成生意精,还常常是无家可归的象征。用我们的话说,就是"丧家犬"。

小说中出现了20世纪80年代很多标志性的人物和事件,包括李泽厚《美的历程》等等。李洱说,"我是80年代之子,它深刻地塑造了我。"

问:应物兄在劝费鸣加入儒学研究院的时候说,"80年代学术是种理想,90 年代学术是个事业,21 世纪学术就是一个饭碗"。希望了解你本人怎么看待学术自 80 年代以来的变化。

李洱:那句话,只是应物兄站在费鸣的角度在劝费鸣,应物兄本人可能并不是那么看的。正是因为有了 20 世纪 80 年代,在很多方面,至少在精神层面,我们无法后退。

问:《朝闻道》中对于"儒学对于马克思主义的贡献"有辩证的思考。对于知识分子为何会普遍接受马克思主义,小说中处处充满机锋和智慧、思考的辩论,这对于当下有怎样的意义?

李洱:一个显见的事实是,中国人比别人更多、更持久地与马克思主义保持着密切联系,即便他已经移民国外,即便他对马克思主义发出异样的声音。这跟儒家传统有很深的关系。从另外一面,怎么说呢,我记得小说中有一句话,马克思也可以看成儒家。

问:最终筹办儒学研究院成了一场闹剧,分管文化的副省长栾庭玉倒台,儒学研究院何去何从小说没有明确交代。您有意留这样一个尾巴?

李洱:各地的儒学研究院,不都建起来了吗?作为一部小说,意思表达清楚了,该说的话说完了,就应该果断地停下来。我想过别的结尾方式,但还是觉得,眼下这样做是合适的。

问:在《巴别》一节,双林院士拒绝在济大做讲座,但校长葛宏道仍将海报贴出去。结果是,双林未到场,主办方只好播放相关视频。一些人认为双林院士的演讲都是大白话,最大的问题是"不思考"。这一节的讨论,你希望表达什么?

李洱:那是人文学者的看法。在后面还有一节,那应该是在小说的第九十八节,我用较大的篇幅讨论了人文之思与科学之思的差异。有人说,科学并不"思"。科学不像人文那样"思",是因为科学的活动方式决定了它不像人文那样思。这不是它的短处,而是它的长处。只有这样,才能保证科学以研究的方式进入对象内部并深居简出。科学的"思"是因对象的召唤而舍身投入,人文的"思"则是因物外的召唤而抽身离去。你提到的场景,发生在小说的开篇部分,这里只是埋了根线头。正如你知道的,更多的故事会在后面徐徐展开。

问:应物兄回答陆空谷的疑问时说:"每一个对时代做出严肃思考的人,都不得不与那种无家可归之感抗衡。"这是否也是当下知识分子普遍的一种状态?

李洱:小说讲得很明白,这里指的是"对时代做出严肃思考的人",是时刻要做出选择的人,是很想在某种文化内部安身立命的人。

问:《譬如》一节中,济大在筹建儒学研究院上煞费苦心,但他们考虑更多的是如何在细节上恢复程济世记忆中的济州场景,而非学术。这一节的最后引用关于"觚不觚"的一段话,是否有你更深刻的暗示?

李洱:我自己认为,"觚不觚"是孔子发出的最深重的浩叹。借小说中的那只"觚",小说里有很多讨论。那节讨论,我反复修改了很长时间。程济世先生既然想叶落归根,当然很自然地想生活在童年的场景中,回到记忆的出发点,梦境的最深处。但时代变了,国在山河破,城春草更新。这也算是一种"觚不觚"吧。

问:儒学是我们、也是小说中人物大为推崇的,故事正由此展开。但是小说中,卡尔文对于《论语》中有些看上去自相矛盾的质疑,以及程济世儿子程刚笃的美国太太珍妮写的儒学论文将题目定为"儒驴",让人感到对儒学的某种不恭敬,甚至是挑战。这么处理,我想你自有深意吧?

李洱:一瓶不响,半瓶晃荡。这对男女,都学了个皮毛。这是从人物之口说的,是他们的看法,不是我的看法。

李洱从其写作的开始就十分重视"话语生活"及其命运。他认定"话语生活是知识分子生活的重要形态,从来如此,只是现在表现得更加突出而已"。

问：小说中的性描写，直白又含蓄，新鲜又陌生。既有引经据典的解释，又有思想上隐秘的斗争和对无法战胜的欲望的妥协；既有风趣略显粗俗的语言（当然符合人物性格的语言），又有抽象到不能理解的隐秘描写。你如何看待性描写在小说中的作用？

李洱：古今中外的小说，除了儿童小说，可能都会描写到性。四大名著里，哪本都有。《金瓶梅》里当然有更多的性。没有关于性的内容，《包法利夫人》《安娜·卡列尼娜》《复活》《红与黑》《阿Q正传》，都不能成立。福科说，在当代生活中，性与一切有关，只与性无关。这是对当代人的刻骨嘲讽。但在小说叙事的意义上，性与一切有关，可能只与性无关，却是极有道理的。我的意思是说，写性其实不是为了性，而是为了塑造人物，揭示人的某种危机和困境，透露人的隐蔽的感觉。我注意到有些批评，不过，其中有几篇批评其实另有所图，很有心机。我没有说他们心机很深，是因为那几篇文字，一眼就能看出他们在搞什么。这么说吧，与其说我是在写性，不如说他们在写性，他们无非是要以此博个眼球，招徕顾客。算了，不说也罢。

问：小说中，双林院士、何为老太太逝世，芸娘久病，副省长栾庭玉被双规，华学明疯了，应物兄从教授成长为学术明星，最后却遭遇车祸……《红楼梦》的感觉扑面而来。你觉得这是小说人物必然的归宿吗？写到这里，你是怎样的状态？

李洱：那是你读出来的感觉。你有这种感觉，也很正常。关于这部小说与《红楼梦》的关系，人们已经说了很多，我自己不便多言。我想说，在具体的写作方式上，在语言感觉上，以及各自面对的问题，它与《红楼梦》有极大的不同。但《红楼梦》的写作智慧，确实对我有很大的启发。

问：被砸向车窗玻璃的黑猫，对主人无比忠诚却突然被杀的母狗，小说中血淋淋的描写令人恐怖。这些描写我想应该都是您观察所得吧？不亲历似乎很难写得这么真实。包括对飞到陆空谷面前的鸽子、对一条高大精瘦的狗、蚂蚁在埋葬死者……都有不厌其烦的细腻描写。而乔木先生的"木瓜"和季宗慈的"草偃"，都具有"儒学背景的名字"。不只是《应物兄》，在你以往的作品中，如《花腔》《你在哪儿》《我们的耳朵》等等，狗出现的频率也较高。为什么？你对动物有怎样的感情？它们在小说中承担什么功能吗？

李洱：小时候我养过狗，前后养过两只，是母子俩。所以，对狗我应该是比较了解的。我都没有意识到，我写过那么多狗。我是看了程德培先生的评论，看到他的罗列，才知道这么多年我一直跟狗过不去。我前面好像提到了，小说中写到各种动物，是为了写出那种万物兴焉、各居其位,同时又狗咬狗一嘴毛的感觉。——哦,我又拿狗打比方了。

问:小说里处处是机锋,处处是伏笔,似乎每个章节每个句子后面都隐藏着您的忧思。但是,有多少读者能耐心去体会其中的深意呢?如果体会不到,写作又有多大的意义呢?不知你在写作的时候,考虑过这些吗?

李洱:我这次在法国、西班牙转了一圈,出乎我的预料,国外的很多读者,其中有些是学汉语的老外,他们都能很深入地理解这本书。有的人看得很细,有的人看了几遍,真的让你大为吃惊。这个事例可能进一步说明,不管是国内的读者还是国外的读者,他们比你想象的还敏锐,还认真。所以,永远不要低估读者。作者的任务,就是准确地写出你想写的。准确地表达,就是对读者的尊重。

问:作品出版后,褒贬不一。你如何看待这些不同的声音?

李洱:只要是从文本出发,只要是认真讨论问题的,什么样的声音我都可以听进去。现代小说的一个重要标志,就是它是对话的产物。在写作方式上,它意味着你要在小说中设置各种对话渠道。在小说发表之后,它当然更应该欢迎对话。补充一句,事实上我把《红楼梦》看成中国第一部对话主义小说,里面的对话关系繁复得不得了。我知道你是想说,我怎么看待那些负面评论?其实,我可以把它说得再明白一点,只要不是恶意的、要置人于死地的文章,我都是可以接受的。我唯一不能接受的,是那种以道德为名,行不道德之实,故意寻章摘句、断章取义,哗众取宠,以告黑状的心态来面对文学的文章。你可能认为我不够大度。但你看过米沃什痛骂波伏瓦的文字吗?米沃什说,我从未见过波伏瓦,但我对她的反感与日俱增,即便她已死去,并迅速滑入她那个时代的历史注脚。为什么这么说呢?因为米沃什不能原谅她与萨特联手攻击加缪时表现出的下作,这是道德主义故事中的一幕:一对所谓的知识分子以政治正确的名义朝加缪吐唾沫。米沃什追问:是什么样的教条,导致了她的盲目?所以,与其说我反感他们,不如说我反感他们出于某种教条而导致的盲目,而且是比盲目更可卑的故意的盲目。

问:《应物兄》获得茅奖,是不是预料之中的事情?能否谈谈这部作品在你创作中的独特价值?

李洱:你是职业记者,你应该比我清楚评奖过程。我在获奖感言的第一句话就提到,"文学倾向于描述那些珍贵的时刻:它浓缩着深沉的情感,包含着勇气、责任和护佑,同时它也意味着某种险峻风光"。《应物兄》能够获奖,就缘于评委对文学的勇气、责任和护佑。说到它的价值,我只能说,对我而言,它代表我目前所

152

能达到的高度和深度。

问：获得茅盾文学奖之后，你最想把这个消息告诉谁？第一个分享快乐的是谁？

李洱：最想告诉我父亲，不过他老人家好像比我还先知道，因为我前一天关机了。

笔名源自小说《中原》里的人物。李洱经常想起这部未能发表的小说，就用书中主人公的名字做了笔名。

问：你的写作从什么时候开始？为什么给自己取了"李洱"的笔名？

李洱：受父亲的影响，我很小就喜欢文学，但正儿八经开始写作，是从大学二年级开始的。用"李洱"这个笔名，已经到了上世纪90年代了。当时我写了一部中篇，叫《中原》。小说后来寄出去了，但没有收到回音，我也没有留下底稿。小说中有某种自传性质，里面有一个人叫李洱。我后来经常想起这部小说，就用书中主人公的名字做了笔名。

问：你说过除了博尔赫斯，很少受到其他拉美作家的影响。能否具体谈谈，你们之间是怎样的气息相近？

李洱：我不记得自己这么说过。我早年很喜欢博尔赫斯，也喜欢马尔克斯，还有资深读者才会迷恋的胡安·鲁尔福。相对而言，早期我可能受博尔赫斯影响更大一点。坦率地说，直到现在，理解博尔赫斯的人并不多。博尔赫斯并不是一般中国读者眼中的博尔赫斯，比如他改良了西班牙语，他的小说与拉美现实也存在着极为紧张的关系。我后来的写作，与博尔赫斯关系不大。我早已走出了博尔赫斯。

问：你的处女作发表，是格非帮忙推荐的？在文学创作的道路上，对自己产生重大影响的人有哪些？

李洱：处女作是我自己投给宗仁发的，当时他是《关东文学》的主编。他来华东师大的时候，我见到他，不过当时我是学生，他对我应该没有什么印象。《关东文学》是地区级刊物，但当时在先锋文学的圈子里影响很大，是先锋批评家、诗人和小说家的集散地。我发表的第一个中篇《导师死了》，是格非推荐给《收获》编辑程永新的。它原来应该属于短篇，将近两万字。程永新觉得有点意思，让我改。当时我已经离开了上海，又回到上海改稿子。格非帮我找了间宿舍。每天下午五点钟左右，格非过来，问我的进度。我们就坐下来讨论。他经常会提一些意见。他提意见向来很委婉，你得仔细听才能明白他到底是什么意思。程永新有时候晚上也会过来谈稿子。后来，改来改去，它就变成了五万多字

154

的小说。小说最后定稿是在郑州完成的。20世纪90年代初期，我写了一篇小说叫《加歇医生》，给格非看。当时我住在格非家里看世界杯。格非把它寄给了《人民文学》。等我回到郑州，我在传达室看到《人民文学》的信封，用手一摸，很薄，不是退稿。我心头一颤。信中说，我是李敬泽，看了你的小说，准备发在第十一期，你不要再投寄别的刊物；若还有别的小说，也可寄我一阅。我哪里还有别的稿子啊，那些稿子都寄出去了，都没影儿了。我就又写了一个中篇《缝隙》寄了过去。李敬泽又发了这篇小说，还约著名作家、当时的河南省作协主席田中禾先生写了一篇评论，在《人民文学》同期发出。所以，我觉得，任何一个作家的成长，都不仅是他个人的事。改稿的过程，与好编辑交往的过程，对作家最大的意义，一是让你找到自己，二是帮助你丰富自己。

问：2001年出版《花腔》，2004年出版《石榴树上结樱桃》，2019年出版《应物兄》。这十几年间，你觉得自己的创作观念和追求发生了怎样的变化？

李洱：任何一部小说总是你在某个阶段思考的产物。任何一部作品，说到底都是你的经验的外化形式。这也是我写得比较少的原因吧。重复自己，是我最不情愿做的事情。我的创作观念当然发生了很多变化。这种变化，还是让读者和批评家来说为好。

问:小说虚构的济州大学,很容易让人联想到你的老家济源。你对家乡怀有怎样的感情?你认为地域对创作的影响有多大?

李洱:你知道济源是济水的源头。它现在实际上成了地下河。在中国文化中,只有一条河被称为君子之河,它就是济水。济水三隐三现,独流入海,与长江、黄河、淮河并称为"四渎"。远朝沧海殊无碍,横贯黄河自不浑。它洁身自好,穿过黄河,水还是清的,所以被称为"清济"。我对这条河,寄寓了很深的感情。

问:在《莽原》当主编,发现了哪些好作家好作品?共当了几年编辑,编辑生涯对自己有什么意义?

李洱:我做的是副主编。张宇当主编的时候,说只借用我两年,可两年之后我就走不掉了,竟然待了十年。我在《莽原》其实不占用编制,我的编制还在河南省文学院,是专业作家编制。这也算是虚己应物吧。不夸张地说,我是个很有眼力的编辑。哈金最早在国内发表的小说,就是我发在《莽原》上的,也是我写的评论。红柯早期的小说,包括他的第一部长篇小说,是张宇发现的,发表在《莽原》上。周洁茹的代表作《你疼吗》,是李敬泽推荐给我,发表在《莽原》上。《莽原》其实推出了很多作家。这是一份格外低调的刊物,非常实在,可能过于低调了。

问:你对目前的生活和创作状态满意吗?

李洱:太忙了,实在太忙了,而且越来越忙。我最大的愿望,是可以有足够的时间读书写作。

《应物兄》里有一个人物文德能,谈到自己一生想写的一本书是"沙之书"。沙子,它曾经是高山上的岩石,现在它却在你的指间流淌。李洱呢?

问:你看得最多的书是什么?

李洱:与哲学和社会学相关的书。我最近刚看完《费孝通晚年谈话录》,很精彩。费先生真是一位重要的、有趣的、说真话的、令人尊敬的人物。

问:你的枕边书是什么?

李洱:今天吗? 今天还是阿甘本的《巴特比,或论偶然》。阿甘本是当代最重要的哲学家。他对"同时代人"的解释,现在终于成为常识。

问:让你感到了不起的是哪本书?

李洱:《圣经》和《论语》,它们告诉我们,什么是文明。

问:你最希望和哪位作家对话? 无论活着还是死去——应该

说,在世的或已故的都可以,为什么? 你最想和他谈的是什么?

李洱:我很想问加缪,如果默尔索的母亲只是病了,如果默尔索结了婚,《局外人》该如何写? 我也想问帕斯捷尔纳克,如果他写叶夫格拉夫的生活,他该如何写? 叶夫格拉夫是小说中的人物,编辑出版了《日瓦格诗选》,算个小职员吧。这样的一个人,阿赫玛托娃不会注意,曼德尔斯塔姆不会注意,所以帕斯捷尔纳克不仅是诗人,还是小说家。

问:如果你可以扮演一个文学人物,你想演谁?

李洱:《花腔》里的葛任,他至今仍是理想人物;还有一个就是应物兄,他是现实中的人物。

2008 年底,媒体报道称德国总理默克尔将德文版《石榴树上结樱桃》送给中国总理温家宝,并点名要与李洱对谈……

问:2001 年出版的《花腔》,十八年来被翻译成各国文字,你有统计吗? 为什么这部作品在版权输出上如此成功? 是有政府部分推动还是民间个人行为?

李洱:《花腔》已经译成了德语、法语、韩语、英语、捷克语、西班牙语,意大利语正在译。我刚从法国回来,到了法国才知道《花腔》的法语版已经再版多次了,已经出了袖珍版。我在马赛的一个很小的书店里问了一下，那里竟然卖了五本。戴高乐机场书店的《花腔》也卖完了。很遗憾，《花腔》的日文版没能出版，台湾地区也未能出版。除了大陆，它最应该被日本和台湾地区读者看到。知道原因吗？因为它写到了日本侵华，写到了国民党。我去年在日本，跟日本汉学家提到此事，他们只能苦笑。《应物兄》接下来可能会有些翻译。我这次在法国和西班牙，遇到很多《应物兄》的读者，有些是留学生，有些是汉学家。他们这么快就看到了这本书，而且看得如此认真，如此仔细，让我吃了一惊。

问：在和翻译家们交往的过程中，有什么感动人的故事吗？

李洱：这两天因为跟意大利方面联系，我想起了与意大利有关的事。意大利翻译家腊兰，最近她刚翻译出版了《导师死了》。几年前，她曾在国内到处找我。她对我的作品，对相关的评论，都熟悉得不得了。有些只言片语，都被她搜集到了。比如，她曾拿着陈思和先生关于我的一段话，让我解释那段话到底有何所指。我以为她认识陈思和先生，其实她并不认识。她对《应物兄》很感兴趣，但她的上课任务好像特别紧。《花腔》的意大利语译者李莎，十几年前就说要翻译《花腔》，这么多年过去了，她把手头的活儿做完之后，终于可以翻译了。我感动于她这么多年过去了，还挂念着这本书。当然，与此同时，我也想起意大利最著名的一个出版社，曾经取消了《石榴树上结樱桃》的出版合同，原因是他们经费有限,又申请不到我们这边的赞助。当然,人家最后赔了我一笔钱,这也让人感动。

问:作家们对葛浩文的翻译风格提出疑义,认为他像外科医生。翻译要删节你的作品时,你本人有什么原则吗?

李洱:我们对翻译家的指摘,其实是不了解情况。大致上,我们可以把欧美的翻译看成两个流派。欧洲的翻译家,更强调忠实于作家。如果他觉得读者可能对有些知识不够了解,他就会加注释。美国的翻译家,更强调忠实于读者。法国的杜特莱教授与美国的葛浩文教授,可以说是这两个流派的代表。美国的翻译家,兼有职业编辑的功能。在美国,再大牌的作家,像索尔·贝娄、厄普代克,他们的作品也必须经过编辑加工。最典型的就是卡佛,他的小说甚至是编辑删改出来的。美国翻译家对待法国作家,也是这么干的。我本人尊重翻译家的处理方式,真的不需要过分敏感。

问:你还记得自己的第一部作品被翻译到国外的情况吗?

李洱:第一部被翻译的作品是《花腔》。我是在郑州的出租车上接到翻译家的电话。德国翻译家夏黛丽在没有找到出版社的情况下,自己掏腰包买下了《花腔》的德文版权。但她后来首先译完的却是《石榴树上结樱桃》。我后来去德国参加了这两本书的朗诵活动。国外出版社的推销方式主要是请作者朗诵,与读者直接见面,与读者对话,而不是开研讨会。德国的奥迪公司,为朗诵会提供了赞助,共五万欧元。我这才知道,德国的大公司有义务为文学出版提供赞助,而且不需要作家为公司做广告,而且你还不能在随后的活动中提到这一点。这是合同里的规定。这一点,我们现在好像做不到。那么,这五万欧元,主要用来做什么呢?一是聘请朗诵艺术家,二是买机票。一位非常杰出的朗诵艺术家朗诵德文,我朗诵中文。其实我一眼就认出了这位女演员,因为我看过她的电影,她的朗诵带也在商店有售。我们去了柏林、慕尼黑、汉堡等地。有一天,在著名的"红色沙龙"朗诵,临时被安排到旁边的一个酒店,住下之后才知道那是个男同性恋酒店。还有一次,竟然与妓院同在一幢楼,鸽子可以从妓院的阳台上散步到我的阳台上避雨。这些情景,我后来写进了《应物兄》。

2019 年 11 月 6 日

辑四　我写作，因为我有话要说

一次精神的历险

　　那一夜如此遥远,又如此迫近,似乎还要反复重现。多年来,我无数次回到《花腔》的开头,回到那个大雪飘飘的夜晚。一名将军出于爱的目的,把一个文弱的医生派往大荒山。这位以救死扶伤为天职的人,此行却只有一项使命,那就是把葛任先生,一位杰出知识分子置于死地,因为这似乎是爱的辩证法。几年后,我终于写下了《花腔》的最后一句话。那是主人公之一,当年事件的参与者,如今的法学权威范继槐先生,对人类之爱的表述。范老的话是那样动听,仿佛歌剧中最华丽的那一段花腔,仿佛喜鹊唱枝头。但写下了"爱"这个字,我的眼泪却流了下来。许多年前的那个夜晚的雪花,此刻从窗口涌了进来,打湿了我的眼帘。

　　但我对《花腔》的回忆,并不只是对一部小说的回忆。三年的写作过程,实在是一次精神的历险。对我来说,书中的每个细节都是一次临近寂灭的心跳,每声腔调都是一次躲闪之中的出击。

因为葛任先生的死，因为爱的诗篇与死亡的歌谣总在一起唱响，我心中常常有着悲愤和绝望，而随着时光的流逝，写作的继续，这悲愤和绝望又时常会变成虚无的力量。虚无的力量是那样大，它积极的一面又是那样难以辨认，以致你一不小心就会在油腔滑调中变成恶的同谋。我必须对此有大的警惕。感谢《花腔》的主人公葛任先生，是他把自我反省的力量带给了我，并给了我一种面对虚无的勇气。他虽然死了，但他还是提醒我不要放弃希望。对我来说，这就像一个自我疗救的过程。那微薄的希望虽然是倒映在血泊之中的，但依然是一种希望。我凝望着那希望，就像站在地狱的屋顶上凝望花朵。

所以，如果我说我对主人公葛任先生充满了感激之情，那并不是在耍花腔。我还想说的是，能够伴随葛任先生对读者一诉衷肠，是我的幸运。在我讲述这个故事的时候，葛任羞涩的面容总在我的眼前浮动。面对着历史转折关头的血雨腥风，人们的神经应该像鞋底一样坚硬，而葛任这样时常脸红的人自然显得不合时宜。

但我相信，许多读者都会从葛任的经历中，看到一种存在的勇气，一种面对种种威胁而艰难地寻求自我肯定的力量。在这里，生命的消失并不意味着生命的瓦解，而意味着自我的完成。他的血像露珠一样晶莹，在阳光下闪耀，并滋润万物。虽然许多人极力要把葛任塑造成一个英雄人物，但他是不是英雄并不重要。他的墓碑无迹可寻,但他有没有墓碑并不重要。葛任的朋友鲁迅先生在诗中曾这样写道:血沃中原肥劲草,寒凝大地发春华。英雄多故谋夫病,泪洒崇陵噪暮鸦。

记忆中的某一天,风向变了,积雪消融的季节来临了。这是小说中葛任的朋友在怀念葛任时说的一句话。现在正是春天,正是万物复苏的季节。当我写下这段文字的时候,我知道《花腔》注定不是一部畅销书,我也不希望它仅仅是一部畅销书。我清醒地意识到,它其实只是献给有智慧的性情中人的一部书,只有在那里,它才可以与精神的盟友相遇,享受到羞涩的快乐,和疼痛的关爱。对我个人而言,我希望在生命结束的那一天,我的家人能在我的枕边放上一本《花腔》,使葛任先生能听到我和他的对话,听到我最后的呼吸。

2002 年

本文系长篇小说《花腔》后记

深于谎言,深于啼笑

写一部乡土中国的小说,一直是我的梦想。当然是现在的乡土中国,而不是《边城》、《红旗谱》、《白鹿原》和《金光大道》里描述过的乡土中国。我说的是现在,是这个正在急剧变化、正在复杂的现实和语境中痛苦翻身的乡土中国。

一个人,只要不是瞎子,只要不是聋子,都会看到和听到中国乡村正在发生的一系列悲喜剧。它们并不是发生在"别处",它们也并不仅仅是"乡村故事"。你住在城市也好,住在乡村也好,只要你不是住在月亮上,那些悲喜剧都会极大地影响你的生活,你现在的和未来的生活,除非你认为自己没有未来。

2003 年的 4 月,当我住在北京的乡下写《石榴树上结樱桃》这篇小说的时候,我从北京郊区农民的脸上看到了中原农民的脸,又从中原农民的脸上看到了北京人和上海人的脸,虽然北京人的眼睛常常从曲折的胡同瞥向红墙顶上的琉璃瓦,上海人的目光常常从浑浊的黄浦江瞥向大洋彼岸的女神。我知道,大河上下,长城内外,这样的脸其实无处不在。在整整一年的写作期间,这样的脸庞一直在我眼前闪现。我再次意识到了乡土中国的含义。

当然,我还没有简单到连"城乡差别"都看不出来的地步,更何况是在"城乡差别"越来越大的今天。我也并不是只看到富人——无论是城市的富人还是农村的富人,而看不到穷人——无论是农村的穷人还是城市的穷人,我还不至于如此糊涂。同样,我也不会只看到穷人而看不到富人,我还不至于如此偏激。但我理解那种因为内在的失衡而导致的普遍的怨恨。当生活在谎言的掩饰下进行着真实变革的时候,这种普遍的怨恨显得如此复杂暧昧,又如此意味深长。

石榴产自西域,由西汉的张骞带到东土,而西汉恰恰是我们民族国家形成的源头。樱桃产自东洋,何人何时将之带入中国已无稽可考;而在近代,正是因为日本,我们的民族国家意识才得以觉醒并空前高涨。经过漫长的时光,石榴树与樱桃树现已成为民间最常见的植物,它们丰硕的果实像经久不息的寓言,悬挂在庭院的枝头。我知道,民族国家的寓言和神话——当然是乡土背景下的寓言和神话,一直是中国作家关注的焦点。但在 21 世纪的今天,构成这个寓言和神话的诸多要素和要素之间的博弈和纠葛,以及由此带来的诸多"悲喜剧"——就像"石榴树上结樱桃",

却需要我们耐心讲述,需要我们细加辨析。

为此我写下了一些故事、一些场景、一些状况,也写下了我的忧虑、警觉和艰难的诉求。我相信它在谎言和啼笑之外,但深于谎言,深于啼笑。

2004 年 8 月

本文系长篇小说《石榴树上结樱桃》自序

说透与不说透

　　因陀罗在印度神话的众神之母阿底提的诸多儿子当中最为威严。为了生他,他的母亲都出现了血崩,差点呜呼哀哉。他刚一落地,就伸手去抓兵器。长大之后,他常常以各种面貌来到人间。有时是国王,有时是乞丐,有时是隐士,有时是武将。在年龄上,他也是变化莫测,有时是个糟老头,有时是个美少年,有时成为一个看不出年龄的畸形人。更出格的是,有时候他还要变成老虎、狮子、苍蝇、天鹅、鹦鹉,或者一个小小的甲虫。他虽然是个神,但他比较乐意干的事情,却是去勾引那些独守空房的女人,就像抠破唇边的一个青春痘似的,搞掉她们辛辛苦苦保留下来的贞洁。

　　在《圣经》中,亚当活到一百三十岁,生了一个儿子叫塞特。生完塞特,他又接着往下活了八百年,这期间他继续生儿育女。

塞特活到一百零五岁，生以挪士。生完之后，也接着往下活了八百零七年，和他爹一样，这期间他也是继续生儿育女。许多许多代之后出现了耶稣。又过了许多年，人类把耶稣诞生那一年，当成了公元元年。幸亏有了这个元年，否则研究整个人类历史就会出现狗咬刺猬——无处下嘴的局面。也就是说，它和后来冒出来的有关"格林尼治时间"的说法一样，意义都是很了不得的。

中国的神话典籍里，娶了日神月神，生日月并主宰日月运行的帝俊，在远古神话中显然占据着非常重要的位置。一些神话学者想把他确立为主神，以此把神话碎片拼凑起来，让它"破镜重圆"，构筑起一个说得过去的较为完整的体系。这个帝俊长相奇怪，脖子上架的是个鸟头，生下的太阳儿子也是个鸟，是长着三只脚的乌鸦。已经有研究表明，那三只脚中，其实有一只是生殖器，而不是真正的脚。也就是说，当时的人看走眼了。此类走眼的事情，直到现在还时有发生。譬如在跑马场，有人看见马的生殖器吊在肚子之下，就喊有一匹马长着五条腿。当然，这个帝俊也生下了人间最好的帝王尧。尧之后的帝王，可以说是一代不如一代，其差别之大，可用龙种和跳蚤来形容。在漫长的历史里，如果有人想讨好最高当局，就说那人是尧帝转世好了。那人尽管知道那是在戴高帽，但还是会高兴得屁颠屁颠的。查了典籍，我们还会知道，关于帝俊和尧的关系，还有另一种说法，即帝俊其实就是尧。不光是尧，他还是后来的舜和禹。也就是说，和因陀罗一样，他也有着多种身份。他也喜欢女人,而且是韩信点兵——多多益善。他似乎是永恒的王,永恒的权力的最高主宰。

所有的神话故事、神话人物都与我们的日常生活有着密切关联。当我们把耶稣看成一个人的时候,他是一个尊贵的神;当我们把他看成一个神的时候,他是一个失败的人。从上述三个故事中我们就可以看到日常生活与神话之间的联系。对神话故事的每一次重述,每一次注解,其实就是在神话和日常生活之间建立起联系。而实际上,神话的结构和日常生活的结构,有着惊人的同一性。穿越了时间层,神话来到了我们之间;而我们穿越了时间层,在远古找到了我们诸种意识形态的源头。也就是说,对神话的重述,实际上是一种相向而行的运动。

在将近四个月的时间里,我埋首于各种典籍、注释之中犹如承受着一种酷刑,最后形成了一个七万字左右的文本《遗忘》,其副题叫《嫦娥奔月或嫦娥下凡》。在狮子王、唐老鸭、白雪公主这些形象诞生和东渐之前,蓝天比现在更遥远,同时也更接近,星光像萤火虫飘浮,同时也像燧石一样冷硬坚实。嫦娥的形象就在那蓝天之上、星光之间翩翩而行。不过这时的嫦娥是射日英雄后羿的妻子,而不是生了月亮的帝俊的老婆。随着年龄的增长,意识到身份的混乱以及各种权力关系,神话故事中的诗意,就比水中月镜中花还要虚幻了。换句话说,浪漫的诗意和神话的英雄劲头一旦遭遇日常生活,就荡然无存了。

存在着各种悖谬性的经验图景。神话当然不是历史,但神话确实又是历史,我们现在就咬定自己是炎黄子孙;神话当然是虚幻的,但各种典籍对它的记述,确实又是铁板上钉的钉子。历史之所以成为历史,是因为它是一种时间性的存在,但历史一旦成为历史,在经验世界里,它确实又是一种非时间性的存在。用真实的材料来论证不存在的事情,通过辨伪的方式,来制造新的伪证,本来就是国人最擅长的伎俩。我们本来就是在悖谬性的境遇中生存的人。我们的想象只有在权力认可的情况下,才是合理的想象,而且认定它是合理的想象,我们就会认定它就是历史。而想象本身的意义,却被遗忘了。在各种悖谬性的境遇中,个人的真实性被置于了脑后,但被置于脑后的事实,确实又是个人的真实性所存在的疆域……

我关心这种由身份的多变和各种悖谬所带来的混乱。不消说,身份的多变和时间层的打破,又使得这种混乱与同一律、矛盾律和排中律相悖。就像陷入了庄生梦蝶的迷惘格局,在写作《遗忘》的时候我经常感到上述形式逻辑的基本规律,只是一种幻觉。当我试图清晰地去安排故事的情节、表现人物性格的时候,我越来越觉得这种表述对真实的遗漏和它在本质上的虚妄。换句话说,当我将人物的身份、故事的情节编排,弄得不符合三律之后,我反而感到了一种快乐,一种接近我对事物的理解的快乐。而在这个时候,我对世界所应该有的清晰秩序的向往,反倒变得强烈了起来，就像从纸张的反面来到正面。就像卡尔维诺所说，当他意识到轻是一种价值而并非缺陷，欲在写作中寻求怪诞之中的和谐、明快的时候，他才感到世界的沉重、惰性和难解。

谈论自己的作品，说透了不好，不说透也不好，就像糖尿病人吃糖不成，不吃糖也不成；就像一个人先把自己扒光了，而对方可能还无动于衷呢。所以最好的办法是，多少吃一点糖，裤衩无论大小，还是要稍留一点，以备有个退路。

2006 年

本文系长篇小说《遗忘》后记

一个怀疑主义者的自述

　　我出书很少,只有几本薄薄的集子和两部长篇小说。同辈作家大都"著作等腰"了,我却是"著作等脚"。这倒不是因为手懒。吃的就是这碗饭,手懒不是找死吗?说来说去还是因为个人的脾性。

　　在日常生活中我特别容易轻信,很容易上当,但在写作上我却很少轻信。阎连科先生曾建议我出文集的时候,在文集的封面上标明,这是"一个怀疑主义者的文集"。打个比方,日常生活中有人告诉我公鸡会下蛋,我肯定会说,对,会下蛋,运气好了还会下个双黄蛋。但同样的事情放到小说里,我就要怀疑了。不光公鸡下蛋要怀疑,连母鸡下蛋也要怀疑了。母鸡下蛋?难道是只母鸡都会下蛋,都必须下蛋吗?既然上帝允许有些女人不生孩子,为什么就不允许有些母鸡不下蛋呢?具体到某篇小说,即便已经写了一多半,即便已经画上了句号,我还是会怀疑:这个故事到底有没有意思?故事中的那个家伙真的值得一写吗?这个故事到底有没有人写过？中国人没写过,外国人也没写过吗？……

你看到了吧,别人是下笔如有神,我呢,好像下笔如有神,其实下笔如有"鬼",所谓疑神疑鬼是也。你说,这种情形下,我怎么能够"著作等腰"呢？

但我毕竟还是写下了一百多万字的作品。尽管怀疑主义情绪如同迷雾一般无处不在,但我每天还是要在那迷雾中穿行。帕斯捷尔纳克说:"我写作,因为我有话要说。"他讲得真好。"有话要说"这个伟大的动机,几乎会在每个作家的写字台前闪光。但对这个时代的写作者来说,更重要的可能是要说出自己的话,以自己的方式说出自己要说的话。这很难啊,它需要激情、勇气和学识,也需要作家在想象力、表现力和认知力方面进行严格的自我训练。拦路虎很多啊,每一只拦路虎都可能把你吃掉,吃了以后人家吐不吐骨头你都不会知道。但我还是写下了这么多作品。在午后时分,如果那迷雾尚未散去,它就会延续到深夜甚至黎明。时光漫长,与其等着被拦路虎吃掉,还不如趁着大雾弥漫穿越密林。如果能够侥幸逃生,那当然很好。如果无法逃生,我毕竟也做过逃生的努力,这总比坐以待毙要好一些吧？

所以,我还在写。

2007 年 4 月

本文系小说集《夜游图书馆》自序

生活和时代的注脚

　　如果让你列出你心目中的十部经典短篇小说，我想我们列出的篇目可能会有很多重合。但是如果让你列出选择这十部短篇小说的理由，那理由可就是五花八门了。我们还会奇怪地发现，那些被我们看成是经典的短篇小说，又往往是突破常规的，它好像不是那么标准，要么多了一点什么，要么少了一点什么。换句话说，它好像是短篇小说史上的一个例外。

　　举例来说，几乎没有人怀疑辛格的《傻瓜吉姆佩尔》是短篇小说杰作。但实际上，它并不符合短篇小说的基本要求：它更像是一部长篇小说的概要，它的容量其实比辛格的很多长篇小说都要大。也几乎没有人怀疑，卡夫卡的《变形记》是一部经典，但是自古以来的文学教科书，可曾告诉过我们，小说的第一句话，就可以把一个人变成甲壳虫？世人都说短篇小说最讲究章法，开门见山，尺水兴波，冰水理论，象外之象，等等，可是不管你拿什么标准

178

去衡量巴别尔的《骑兵军》,你都会觉得有些不对头。鲁迅的《呐喊》、《彷徨》和《故事新编》,有两篇小说在形式上是一样的吗?

但有趣的是,面对那些数目浩繁的短篇小说,有经验的读者还是能够判断出,哪部小说写得好,哪部小说写得不好。即便隐去作者的姓名,很多时候我们也能够判断出,哪部小说只有这个时代的作家才能够写出来,哪部小说任何时代的作家都可以写出来,哪部小说虽然只有这个时代的作家才能够写出来,但是,把它放到整个文学史上,我们仍然会觉得它是一部好小说。这种现象似乎又说明了一个基本事实:我们对于短篇小说,其实还是有一个基本的判断标准的。短篇小说的写作看上去好像没有定规,但其实还是有一个大致的规范的。

我想,不管时代如何变化,不管你的小说属于哪种风格、哪个流派、哪个主义,好的小说(不仅是短篇小说),它都有助于我们更深入地了解人类的基本状况。与长篇小说和中篇小说相比,因为短篇小说的篇幅较为短小,所以我倾向于把短篇小说看成是对人类的基本状况进行阐释的一个注脚。它既是正文的一部分,同时又独立于正文,是一个相对自足的文本。它让你目光下垂,从正文的滚滚洪流中移开,进入短暂的沉思。当你目光上扬,你的目光就会越过正文和注释之间的那条虚线,好像进入一种隔岸观火的状态。你可以过去救火,也可以借此把火焰当成焰火。

在看到这个注脚之前,你对人类的基本状况已经有了大致的了解，但只有看了这个注脚之后，你才会有更进一步的了解。你虽然知道傻瓜充斥于人间，但是如果你不读《傻瓜吉姆佩尔》，你就不知道世上还有这种"傻瓜"，原来他竟然是混乱时代的天使。你虽然知道小孩子在进入成人世界的时候，要有一个非常困难的过程，但是你只有读了乔伊斯的《阿拉比》之后，你才知道你自己当初的痛苦其实别人也有过，那其实是人类的痛苦。它在加深你的痛苦的回忆的同时，又缓解了你的痛苦，并提醒着你去体谅别人的痛苦。你只有在看过了鲁迅的《在酒楼上》，你才会去思考酒楼外面的那株蜡梅与一个死去的女孩子手中的剪绒花可能会有什么关系，她比《阿拉比》中的那个孩子更为不幸，更不幸的还有鲁迅小说中写到的与辛格的"傻瓜"相近的中国傻瓜。

这里的几篇小说，是我从二十年来创作的短篇小说中选编出来的，它们就是我对生活和时代写下的注脚。现在请你目光下垂，请你目光上扬。

2011 年 8 月 23 日

本文系短篇小说集《白色的乌鸦》自序

十三年,我尽了力

2005 年春天,经过两年多的准备,我动手写这部小说。

当时我在北大西门的畅春园,每天写作八个小时,进展非常顺利。我清楚地记得,2006 年 4 月 29 日,小说已完成了前两章,计有十八万字。我原来的设想是写到二十五万字。我觉得,这是一部长篇小说合适的篇幅——这也是《花腔》删节之后的字数。偶尔会有朋友来聊天,看到贴在墙上的那幅字,他们都会笑起来。那幅字写的是:写长篇,迎奥运。我不喜欢运动,却是个体育迷。我想,2008 年到来之前,我肯定会完成这部小说,然后就可以专心看北京奥运会了。

那天晚上九点钟左右,我完成当天的工作准备回家,突然被一辆奥迪轿车掀翻在地。昏迷中,我模模糊糊听到了围观者的议论:"这个人刚才还喊了一声'完了'……"那声音非常遥远,仿佛来自另一个星球。稍微清醒之后,我意识到自己还活着。后来,从车上下来两个人。他们一句话也不说，硬要把我塞上车。那辆车没有牌照，后排还坐着两个人。我拒绝上车。我的直觉是，上了车可能就没命了。

第二天上午，我接到弟弟的电话，说母亲在医院检查身体，能否回来一趟。一种不祥的预感紧紧地攫住了我。当天，我立即回到郑州。母亲见到我的第一句话是："你的腿怎么了？"此后的两年半时间里，我陪着父母无数次来往于济源、郑州、北京三地，辗转于多家医院，心中的哀痛无以言表。母亲住院期间，我偶尔也会打开电脑，写上几页。我做了很多笔记，写下了很多片段。电脑中的字数越来越多，结尾却似乎遥遥无期。

母亲病重期间，有一次委婉提到，你还是应该有个孩子。如今想来，我对病痛中的母亲最大的安慰，就是让母亲看到了她的孙子。在随后一年多时间里，我真切地体会到了，什么是生，什么叫死。世界彻底改变了。

母亲去世后，这部小说又从头写起。几十万字的笔记和片段躺在那里，故事的起承转合长在心里，写起来却极不顺手。我曾多次想过放弃，开始另一部小说的创作，但它却命定般地紧抓着我，使我难以逃脱。母亲三周年祭奠活动结束后，在返回北京的火车上，我打开电脑，再次从头写起。这一次，我似乎得到了母亲的护佑，写得意外顺畅。

在后来的几年时间里，我常常以为很快就要写完了，但它仿佛有着自己的意志,不断地生长着,顽强地生长着。电脑显示出的字数,一度竟达到了二百万字之多,让人惶惑。这期间,它写坏了三部电脑。但是,当朋友们问起小说的进展,除了深感自己的无能,我只能沉默。

事实上,我每天都与书中人物生活在一起,如影随形。我有时候想,这部书大概永远完成不了。我甚至想过,是否就此经历写一部小说,题目就叫"我为什么写不完一部小说"。也有的时候,我会这样安慰自己:完不成也挺好,它只在我这儿成长,只属于我本人,这仿佛也是一件美妙的事。

如果没有朋友们的催促,如果不是意识到它也需要见到它的读者,这部小说可能真的无法完成。今天,当我终于把它带到读者面前的时候,我心中有安慰,也有感激。

母亲也一定想知道它是否完成了。在此,我也把它献给母亲。

十三年过去了。我想,我尽了力。

2018 年 11 月 27 日于北京

本文系长篇小说《应物兄》后记

辑五　像飞鸟一样掠过天空

巴金的提醒

巴金先生虽以百岁高龄辞世,但我还是感到了悲伤。我们已经习惯于他活着,习惯于他顶立于天地之间,使我们得以享受他的浓荫。如果说鲁迅是现当代文学之父,巴金则是现当代文学之母。我想,即便是不肖之子,也会感受到巴金给他带来的震动。

巴金是以作品影响人,以自己的人格影响人的伟大作家。他的小说虽然大多写于上世纪三四十年代,但他的作品并没有过时。直到今天,在21世纪的激流中,高老太爷依然活在人间,瑞珏和鸣凤也依然活在我们当中。如果要拍电影,导演不需要找特型演员。我感到悲哀的是,觉新这种人物在生活中很少有了。时代确实有变化,但这变化你很难说是正面的还是负面的。梅表姐和瑞珏的痛苦,在这个时代都显得非常高贵。我不能矫情地说,我是读巴金的作品长大的。因为对巴金的作品的理解,确实是近几年的事情。时代给巴金的小说赋予了新的修辞,这是巴金小说的伟大意义所在,也是巴金先生和他那代人的悲哀,而且是我们所有人的悲哀。所以,对巴金小说的阅读,在今天仍然具有重要价值。恐怕没有哪个还活着的人,比巴金先生承受的痛苦更多。但是读巴金先生晚年的著作,你会感受到,他并没有恨。我还记得我阅读《怀念萧珊》时,曾经泪流不止。以后每次重读,也都会默默流泪。你流泪了,但你依然没有恨。

这是巴金先生晚年的著作带给人的感受。巴金先生首先让人反躬自省。自省曾经是我们民族精神中的重要元素,但后来我们都忘却了。现在,巴金先生提醒我们,在面对自己曾经身陷其中的苦难面前,我们首先要做的是反躬自省。而今,在一种新的文化语境中,巴金的提醒仍然是一种至关重要的道德要求。它不会过时,永远不会过时。对于上世纪80年代以后的中国文学甚至中国文化,在相当长的时间内,如果没有巴金,其情形都很难想象。这不仅是指巴金给后来的中国文学提供了道德基石,也是指巴金以自己的伟大存在给中国文学提供了必不可少的发展空间。经历了这个时期的文学史家当然会注意到这一点,但未来的文学史家却未必会留意。从个人写作来说,我深蒙巴金先生主编的《收获》的恩惠。

我是享受这种恩惠的后辈作家中的一个。巴金先生慈祥的目光抚摸着每个人的脸庞,给人起码的血性,必要的良知。而今,即使巴金先生已经仙逝,我还是宁愿相信,因为文学的传承,因为他给文学打造的道德基石和发展空间，这种抚摸还会继续下去，并像血脉一样得以遗传。巴金先生以古迈之年辞世，他个人的痛苦得以解脱，我们应该感到欣慰。但从自私的角度说，很多人都希望他再长寿一些。对于伟大的人物，我们往往会有这种矛盾的想法。对于作家来说，辞世以后，如果能留下几本书，那是他的幸运。但巴金先生留下的，不仅是几本书。他留下了自己的形象，留下了自己的爱，也留下了他给这个民族的提醒。

2005 年 10 月

生前是传奇，身后是传说

——记钱谷融先生

　　我第一次听到钱谷融先生的名字，是在1983年进入华东师大中文系读书的时候。当时学术界有"南钱北王"一说，"南钱"指的是钱谷融先生，"北王"指的则是北大的王瑶先生。这两位先生对中国现当代文学史这门学科的意义，已得到广泛承认。不久，在冉忆桥老师的中国现代文学史的课堂上，冉忆桥老师告诉我们，写论文要引用经典作家的观点。她举例提到，钱谷融先生的观点就是经典作家的观点。冉老师确实经常引用钱先生的观点，引用最多的自然是《论"文学是人学"》和《人物谈》里的话。冉忆桥老师也告诉我们，华东师大中文系教授当中，施蛰存先生、徐中玉先生、钱谷融先生、史存直先生，可以称为"先生"。我们自然能听出这句话的分量。在此之前，我们只知道"先生"是鲁迅先生的专用名词。

　　当时给我们上课的老师中，有钱先生的多位弟子，他们有的

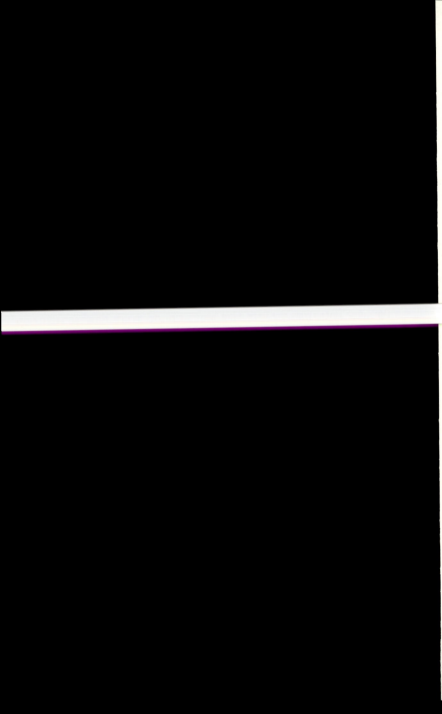

刚毕业留校任教。给我们上中国现代文学史课和相关选修课的，是许子东和王晓明，他们是钱先生的研究生。关于钱先生的很多观点、很多细节，我们从这些老师那里知道不少。钱先生的另一位弟子殷国明，就在我们班上实习，他上来就介绍自己是钱先生的弟子。钱先生的另一位有名的弟子李劼，当时还在读研究生，更是言必提到钱先生。如果我没有记错，李劼的硕士论文就叫《"文学是人学"新论》。龙生九子，各不相同。钱门弟子，每个人都有自己鲜明的风格。

钱先生本人，我们是能在一些学术讲座上遇到。可这，钱先生从来不讲，都是陪着别人来讲。他甚至懒得坐到讲台上，而是和学生一起坐在下面。钱先生曾陪着王瑶先生来华东师大讲课。徐中玉先生也曾陪着李泽厚先生来华东师大讲课。上世纪80年代的华东师大中文系，能领全国风气之先，徐先生和钱先生无疑起了极大作用。某种意义上，在相当长的时间里，钱先生和徐先生，已经成为华东师大中文系的象征。

大约在2010年，有一次我去华东师大讲课，当时的中文系主任谭帆教授约徐中玉先生和齐森华先生一起小聚，谭帆教授说，钱先生知道我回师大了，本来也要来的，临时有事来不了，托他问个好。我自然感动不已。2013年夏，我去杭州讲课，路过华东师大，在逸夫楼下的咖啡馆里，有幸与钱先生闲聊，并合影留念。别人介绍说，这是李洱，他说知道知道，我们师大的学生。当时，有不少人看到钱先生，都过来与钱先生合影。钱先生手拄拐杖，来者不拒。我还记得钱先生当时的眼睛。年过九旬的老人，眼睛还那么明亮，还那么灵动，能随时观察到周遭的一切动静，让我着实暗暗吃惊。

2016年11月，钱先生来北京出席中国作协第九次代表大会，我去看望他，并陪他吃了两次工作餐。有一次，南帆、吴俊、杨扬和我，陪着钱先生在餐厅吃饭，我发现钱先生只吃肉，不吃青菜。钱先生解释说，这是因为青菜嚼不动。钱先生嚼不动青菜，却能嚼得动烤鸭和酱鸭，令我们感到惊奇。晚上我送了几盒茶叶给钱先生品尝，杨扬在旁边说，这是好茶啊。钱先生的一句话，给我留下深刻印象："是不是好茶，明天早上喝了就知道了。"算下来，这是我与钱先生仅有的两次近距离接触。

众所周知，在现代作家中，钱先生最喜欢的是鲁迅和周作人，手不释卷的是《世说新语》。钱先生本人写得很少，著作等"脚"，但这双脚走出来的路，却是一条与当代中国文人不一样的路。众人皆看到了钱先生的散淡，钱先生本人也常自称"懒惰"，但我常常觉得，这"散淡"和"懒惰"中或有深意存焉，不然，他的文章不会写得那么好。钱先生早年曾著有一篇散文《桥》，据说那只是他二十岁出头时写的一篇作文。我至今没有看到这篇文章，听格非讲过大意：人们都说要到河的对岸去，但"我"却认为，没必要过去，那边风景跟这边是一样的，看了这边，也就可以知道那边了。

不过，不久我又在另一篇文章中看到，钱先生关于"桥"还有另一种说法。钱先生认为，盈盈一水间，脉脉不得语，千古的悲剧，就是因为缺少了一座桥。钱先生无疑是有大智慧的人，这大智慧中，怎能少得了对人生苦况的深刻理解。认为千古悲剧是缺少一座桥的钱先生，在他的晚年何尝不是把自己当成了一座桥，试图让更多的人通过文学，好走出那千古悲剧！

9月28日是孔子诞辰日。作为一个在现代文学馆工作的人，我或许也应该顺便提到，这一天也是中国现代文学馆竣工典礼的

顾问。在我替中国现代文学馆起草的唁电中说："钱谷融先生，中国当代最杰出的文艺理论家、文艺批评家、文学教育家，他杰出的工作为中国现当代文学赢得了荣誉。钱谷融先生，生前是传奇，身后是传说。"我想，了解钱谷融先生的人，或许都认可这个说法。

一个传奇，一个留下传说的人，注定是不朽的。

2017年10月11日

送别雷达

　　清明节前,打车去八宝山送别雷达先生。我看到陈福民和孟繁华手中拿着雷达先生的新书,好像还等待着雷达先生临行前匆匆补上签名。那是雷达先生的最后一本书:《雷达观潮》。这个书名从某种意义上也说明了雷达先生四十年来的批评姿态。

　　雷达先生当然深度介入了新时期文学。1985年以前,雷达先生几乎是中国当代文学现场的新闻发言人,是主流批评家中的主流。四十年来,文学批评几经更新,后来的新潮批评和学院化批评,无疑对文学史有更深刻的影响。放在一个更广大的背景上,这是批评家自我主体的诞生以及语言学转向给文学批评带来的革命化成果。所有文学活动,无论是文学批评还是文学写作,从来都是知识、经验和表达的冲突的结果。但我想说明的是,此种情形下,雷达先生持之以恒的观潮式的、指点江山式的批评,对文学生产活动的影响依然有效,他的自信、坚定和倔强,或许就源于这种自我认定。坦率地说,他的批评姿态确实容易让人联想到"别车杜"别林斯基、车尔尼雪夫斯基、杜勃罗留波夫。所以,在很多场合,我能够感受到他的批评依然被很多作家所重视。

这个春天,实在凶险,夺走了那么多同道中人。现在看到那么多人从各地赶来,我还是感慨颇多。文学关乎历史,关乎情谊,关乎世道人心。雷达先生和他的著作,从此完整地进入了青史,静静地等待着后人的检阅。

2016 年 4 月 3 日

作为一个读者纪念史铁生

我不认识史铁生先生。很多年前，我曾经有机会见到史铁生先生，但我自己放弃了。我可以非常尊重一个人，但我很难成为某个人的粉丝。很多年之后，我在一个文学活动中远远地看见过史铁生先生，但我从未想过要去打扰他。我与史铁生先生的关系，就是一个读者和作者的关系。我读过他的很多作品，从他最早的作品到他晚近的长篇小说，从他被人反复传诵的作品，到他的一些很少有人提起的短篇小说。我在读到史铁生先生的作品的时候，已经开始写作了，所以我又绝对不能够矫情地说，我是读史铁生先生的作品长大的。我只是他的一个读者。在这里，我愿意以一个读者的身份，来怀念一个作家。

我想先讲一下，史铁生先生去世之后，我经历的一些与史铁生先生有关的事情。2010年的最后一天，我在北京协和医院的电梯里接到了莫言先生的短信，只有一句话："兄弟，我们尊敬的兄长史铁生于凌晨三点因脑溢血去世。"我当时"哦"了一声,对亲戚低声说了一下,我说史铁生去世了。电梯里有五六个人,我们彼此并不认识,可以想象每个人的知识背景并不相同。虽然史铁生并不是一个畅销书作家,但这几位互不认识、知识背景并不相同的人,竟然全都知道史铁生,而且全都读过史铁生的作品。电梯安静地上升、上升,电梯的门开了,却没有人下去。他们似乎想从我这里知道更多的情况。他们或许想到,我与史铁生先生是认识的。他们用探询的目光看看我,随后无语地走出电梯。

我后来经常回忆起医院那个狭小的电梯里的场景,每次都感慨不已。我想,我们可以把那个场景看成是与史铁生并不认识的人,在为史铁生举行着一个短暂的纪念仪式。

我也由此经常想起史铁生在纪念他的朋友周郿英时写过的一段话。史铁生说,所有的朋友都不会忘记那个简陋而温暖的小屋,因其狭小我们的膝盖碰着膝盖;因其博大,那里又连通着整个世界,在世界各地的朋友,都因失去你,心存一块难以弥补的空缺,又因你的精神永在,而感激命运慷慨的馈赠。我想,虽然我并不认识史铁生先生,但是通过阅读他的文字,所有的读者在那一瞬间,仿佛都成了朋友。

我接着往下讲。我从电梯里出来,给一个记者朋友转发了这条短信。关于史铁生去世的消息,我只转发了两个人,一个是近年来对史铁生的作品进行了深入研究的批评家、同济大学中文系主任王鸿生先生。他后来又写了多篇关于史铁生先生的文章,这些文章是我看到的关于史铁生的最为精彩的论文,最近的《十月》杂志上还刊登了他的《阅读史铁生札记》。而且据我所知,他与史铁生没有接触过。另外一个就是这位记者朋友。我这里不说这位记者的名字了,我只能告诉朋友们,他是一个非常出色的记者,一个优秀的随笔作家。我没有收到这位记者朋友的回信。几天后,我参加了在清华大学举行的史铁生先生追思会,在这个会上见到这位记者朋友。我此时才知道,因为他参与报道了一个著名的极有权势的文化人的丑行,而遭到了某种不公正的待遇,他和他的家人都受到了威胁。而且在我们谈话的时候,他的妻子还打来电话,提醒他应该去哪里躲避一夜。这位记者与史铁生先生倒是有过接触。他告诉我,接到短信的时候他在海边徘徊,正在想着自己的工作多么没有意义,人生多么没有意义。但我转发的那条短信,使他及时地从那种坏情绪中跳了出来,开始重新思考人活在世上的意义。在随后的几天里,我看到他在媒体上组织了多篇关于史铁生的哀而不伤的文章。哦,请大家相信,我这里的讲述,没有一丝文学上的夸张。

我本人读过史铁生先生的很多作品。他的那些集腋成裘的随笔和小说,有一种感人至深的力量。命运将他限定在轮椅上,使他的外部生活受到极大影响,这使他的文字发展出一种向内心行走、用思索行走的独特文体。我最感兴趣的,是史铁生用自己非凡的创造,打开了汉语叙事的另外一个向度。正如我们已经知道，汉语文学几乎很难去正面讲述灵魂内部发生的故事,这当然与我们的文化和文学传统有关,有人甚至认为与我们使用的汉字有关,尽管"吾日三省吾身"是我们祖传的哲学要义之一。按照王鸿生的说法,我们可以讲述人生的各种冒险故事,可以用小说的形式讲述时间之谜,可以讲述人在历史和现实中的命运,上世纪90年代以后我们也学会了如何讲述正在逼近中的日常生活,但我们却很少能够讲述当代中国人精神跋涉的艰辛,也就是我们真正的心灵史。

但史铁生的作品,尤其是他晚近的长篇小说《我的丁一之旅》,却在这方面进行了卓有成效的探索。

这是一部讨论何为灵魂的自由的小说。一方面,自由的本性就是要突破各种限度;但另一方面,自由又必须与平等、爱统一起来,自由因为有其一定的限度而成其为自由。史铁生写下的才是真正的心灵史,是他所在的那代人或许还包括更年轻的一代人进行精神跋涉的历史。由此,史铁生与绝大多数汉语作家区别开来了。

如果说,现代作家侧重于提供知识、趣味和想象力,那么史铁生则是向我们提供了求知方法和精神维度,以及在叙事上进行精神叙事的突破性实验。我个人认为,这是他对汉民族的最大贡献。

作为史铁生先生的一个读者,我个人认为,对史铁生先生和他的作品的研究,还有待于进一步展开。我期待着读到更多切实有效的论文,我把这看成是我们在 21 世纪的今天纪念史铁生的一个重要意义所在。

2011 年 12 月 30 日,写于史铁生逝世一周年

高眼慈心李敬泽

　　1995 年夏天,我第一次见到李敬泽。在那之前,他已经编发了我的中篇小说《加歇医生》。那篇小说书写了知识分子的罪与罚,但最后又长出来了一条光明的尾巴。那时候我年幼无知,心中洋溢着过多的善意,仿佛美好的祝愿都可能变成现实。但写完以后,我就不满意了。奇怪的是,他竟然告诉我,他认为很好,还说编辑部的人也看了,好啊。如果说我对他的判断力没有怀疑,那是假的。所以当他约我再写一个中篇的时候,我对他说,我正在写的小说可能不太适合在《人民文学》发表。他说,你还是寄来吧,看看再说。那部小说名叫《缝隙》,至今我也认为那是一篇能让我满意的作品。但当时寄出之后,我就等着他的退稿了。我完全没有想到,他看完以后会对我说,他认为比《加歇医生》要好,要纯粹。当时我就暗想,这是碰到知音了。又过了几天,他写信告诉我,他已经给河南省作协主席田中禾先生打过电话,让老田写

201

一篇评论,同期发出。直到我见到李敬泽,他才以朋友的身份对我说,其实他对《加歇医生》并不满意,他之所以编发了这部小说,是因为他从这篇并不成熟的小说中,看出了我的"写作能力"。从那个时候起,我就相信,我又看到了一个杰出的小说编辑。倒不是说他夸我几句我就摸不着东南西北了,就要拍马屁了。我其实是想说,一个杰出的编辑除了对文本具有敏锐的判断力以外,还要能够以文及人,看出一个写作者可能会有怎样的发展。为此,一位杰出的编辑甚至能够容忍作者某部作品的失败,并给他以适当的鼓励,所谓高眼慈心。至于这位作者对自己是否有清醒的认识,并在以后的写作实践中能否及时做出必要的调整,那就要看作者本人的造化了。

也就是在 1995 年夏天的那次谈话中,他提到接下来他要编发的作家的作品。他写出了一串后来读者已经熟悉的名字,他们逐渐成为文坛的中坚力量。但在 1995 年,我对这些名字还非常陌生。李敬泽告诉我,这些人很可能会开辟一个新的时代。显然,在那个时候,他已经非常敏感地意识到,文学内部已经悄悄地发生了一些转变,文坛的秩序也处于急速变化之中。我记得稍晚一些时候,我收到了他转来的红柯的小说。红柯当时还默默无闻,至少我本人对红柯还一无所知。李敬泽希望我能把那篇小说介绍到《莽原》发表。在那封信中,他告诉我,红柯是新一代作家中很特别的一位,不可小觑。时到今日,红柯所取得的成就,自然已经成了重要的佐证，无须我再多言。我还记得更晚一些时候，他又转来了张生的小说，以期张生能够同时在更多的刊物上露面。而对一些已经提前走红的青年作家，他的预言却相当苛刻，说他们当中的许多人将惨遭淘汰。那些名字我就不说了，因为说出来已经没有人知道了。我的意思是说，日后的情形与他当初的预料可以说相差无几。

现在谁都相信，新一代作家的出现改变了文学的格局。人们也已经可以指认出上世纪90年代文学与此前的不同，甚至可以大致勾勒出文学发展的脉络。但是在1994年、1995年，甚至在稍后的一个时期，我相信文学编辑、文学批评家其实和作家一样，对文学的基本走向并不清楚，大家都在"摸着石头过河"。其中最重要的原因，我想是意识形态领域某种隐蔽的转换已经完成，在一个日益多元化的文化处境当中，风车变成了碎片，变成了日常生活，堂吉诃德失去了挑战的对象，因这种挑战而出现的潮流形式的集体创作，此时变成了对那些不易察觉的碎片的个人性的表达。对这样一种文学现状做出恰当的评价，确实并非易事。除了陈晓明等少数人之外，批评家整体缺席的现象非常严重。没有缺席的那些批评家，他们关注的焦点仍然是知青作家，关注的是他们的变化和可能性。顺便说一句，虽然布鲁姆的《影响的焦虑》一文经常被人提及，但还是很少有人意识到，知青作家的变化未尝没有受到新一代作家的影响，就像后者在多年之后并非没有受到更新一代作家的影响一样。我再多说一句，倘若推远来看，90年代以后对日常生活的书写，甚至影响到了三四十年代文学史的改写，比如人们对张爱玲和苏青的重新认识。

李敬泽是最早对新一代作家做出评判的人之一。我相信，以后谈90年代文学，李敬泽是个无法忽略的存在。他与90年代中后期出现的主要作家具有相同的文化背景，身在庐山，有一种可以被分离出来的共同经验。同时，作为一名编辑，他和作家之间有着一种互动关系，他甚至知道作家的构思过程，参与作家作品的修改，熟知作家创作过程中可能遇到的障碍。这使得他的文学批评几乎与文学实践同步，有着贴肤之感，又仿佛鱼在水中冷暖自知。我认为，他对一个作家的总体性把握，尤见功底。譬如谈到红柯，他认为红柯是一个"肯定性"的作家。当红柯写到骏马和雄鹰，写到群山和美丽奴羊的时候，他并非不知道世界还有另外一维。但红柯愿意把目光投向诗意的大地，仿佛在为一个消失的美丽的亡灵弹奏。他认为，在红柯的"肯定性"之中，有着对世界的更深的"否定"。当然与此相关，他认为我是一个"否定性"的作家。事实上，这也是我对自己的认知，我是一个在否定中寻求肯定的人。李敬泽曾经开玩笑但同时却是有根有据地认为，一个"肯定性"的作家与一个"否定性"的作家，在中国会有不同的命运。看来，我得相信这个宿命了。我还注意到李敬泽对海力洪的评论。海力洪也是一个我非常看重的作家，他的作品中有一种奇妙的质地。他有限的几部作品总能引起我浓厚的兴趣,读他的作品我就像在重温童年时代的一种游戏:借助灯光变换着手指的造型,将那图案投映到墙上,使人又恐怖又好奇。而灯光未及之处,世界一片幽暗。这样一个作家也未能被李敬泽遗漏。李敬泽从海力洪的小说中读到了一种"幽微难测的现象学":不知道他是描述了重,还是描述了轻;或许海力洪的真正意图是提供轻与重之间的微妙关系。就我所知,他对毕飞宇的评论,被毕飞宇认为是少有的能切中要害的评论。在同代人中,毕飞宇已是个"庞然大物",其作品几近佛家所说的"真俗不二"之境。这样的人,似乎是很难说谁一声好的。前年秋天,在南京秦淮河畔的一家茶馆里,毕飞宇嚼着爆米花,敛住笑,对我说,你想不到李敬泽的哪段文字会一下子击中你,让你不得不停下来想一会儿。

或许是我前面提到的那种可供分离出来的共同经验,在评述同代作家的时候,李敬泽的文字忽如桃之夭夭,灼灼其华,忽然又瘦金成妙,如 T 型台上的骨感美人。当然,这并不意味着他对同代人创作中出现的问题视而不见。在庐山上待久了,透过层层云雾,庐山的真面目终究会显示出来的。在我看来,其文字如深藏于匣中的剑,时刻准备刺穿脓包。在私下的交谈中,他的一些批评意见还会更加尖锐,这样的尖锐后来在他的批评文章中不时出现;当然他还保持着他一贯的善意,侠骨柔肠,如批评家施战军所说的,那是一种"绿色批评",一种建设性的"在肯定中寻求否定"

的批评。1998年秋天,我和他在云南的一个笔会上见面的时候,他对我说,他想约几个朋友就最近几年小说创作中出现的一些问题做一次对话。当时李大卫也在场,李大卫一听就来神了,舌头就大了,好像口中含着一把弹簧刀子。那年冬天,在李大卫的单身公寓里,李敬泽、李冯、邱华栋、李大卫和我做了连续两天的对话,涉及的话题包括"个人写作与宏大叙事""文学中日常生活的表达""知识分子写作""文学传统与创作实践""文学的想象力""新时代的先锋写作"。那是一次对已有的文学资源的重新检索,对文学真实图景的一次解剖,对文学新的可能性的一次小型研讨。早年的时光令人难忘,如今李大卫已经远走天涯,我偶尔会接到他的电话,听听他的美国之音,听他谈谈纽约的左派和右派。他的激情一如往昔。在国内的朋友还在写作,彼此之间在思路上已有很大的分野。这样一种分野在当时已经略有显示。不过在当时,我印象中的对话在很大程度上更像是一次批评与自我批评,有些批评相当严厉,都有些捶胸顿足了。最后整理发表出来的文字,只是对话中的一小部分。我想,如果录音带公布出来,可能会引起相当多人的不快,当中甚至可能还包括像我这样参与对话的人。我记得,在谈到小说创作的新可能性的时候,朋友们的表情顿时多云转晴,大家仿佛又看到了希望,于是大家到外面的酒馆里纷纷举杯祝贺。席间又有好事者(那个人是我吗?)提起写作的种种困难,于是大家又放下筷子,一副才下眉头又上心头的悲愁模样。明眼人可以看出,这些话题与上世纪90年代以来的文学,有着深浅不一的关系,其中不乏90年代文学的一些关键词。在所谓的个人写作的年代,在何以解忧唯有泡妞的时代,李敬泽发起的这场对话,又意味着什么呢?我想,那份对文学的责任感是不容置疑的,还有那种对一代人写作的真正关注。更重要的,他显示了一种难得的情怀,那就是对文化公共空间的维护。

一个批评家当然要穿越他自己所属的阶层,他自己最早的文化群落。作为一个批评家,李敬泽对王蒙、李国文那代作家,也有着自己的解读。他对阎连科在题材选择和写作过程中的"化重为轻""化轻为重"的分析,应该是一种独到的评价;经由他的分析,我仿佛看到了一只"吊睛白额锦毛大虫"。相比较而言,我其实更看重李敬泽对出生于70年代的一代作家的评论。我想起李敬泽的一篇文章的题目《飞鸟的谱系》。我感觉他在对一些重要作家的梳理中,及时探讨了像飞鸟一样掠过天空的那些作家之间的隐秘联系,他们的内在谱系,不同主题的演变方式,以及各自发展的可能性。我比较注意的是他对李修文、金仁顺、棉棉、周洁茹、戴来、朱文颖等更年轻的作家的评述。在这方面,他确实用力较多。我看重他的这些批评,还有一个说不出口的原因,就是我在等着他告诉我应该怎么向年轻人学习,学习哪些先进经验、先进文化。就像当年对待自己的同代作家有着更多的宽容一样,他对更新一代作家也有着自己的包容,算得上锦心绣口了。他提醒我们注意他们小说中发出的声音,一代人特有的那种声音,伤感与仇恨同在,纯真与世故并列,反抗的痛苦化为占有的乐趣,白色在灰烬之上,灰烬在废墟之中,不及物与及物有如双兔傍地而行。他告诉我们,一些固有的主题在更新一代作家笔下得到了某种程度上的转换,并被赋予了新的经验。比如关于成长,关于父与子,关于都市,关于洗脚和洗头,关于泡、被泡和反被泡。旧瓶装上了新酒,或者旧酒当中加入海马鞭和人参,另加新的包装。等等,等等。文人笔,美人镜,有一次吃饭的时候,一个女作家听说我认识李敬泽,马上跑过来向我敬酒,要我一定介绍她认识。她告诉我,她只看李敬泽的批评。看到李敬泽表扬别人,她就以为表扬的是她自己;看到李敬泽批评别人,她就以为她早就改掉了那些毛病。我当时就大发感慨,看来李敬泽确实挠到了他们的痒处,摸到了他们的痛处。其实,他们什么地方痒过,我们的什么地方也痒过啊。而他们的痛处,也曾经是我们的痛处,并将在另一些更年轻的作家身上疼痛下去。

我常听有人说,文学已经失去了标准,进入新世纪以后,文学就更没有标准了——哎呀呀,差不多可以胡来了。对这样一种说法,我自然不能苟同。我相信李敬泽也不能苟同。只要人性没有大的改变,只要我们还没有变成外星人,只要这个世界允许文学存在的理由没有大的改变,文学的标准就不会有大的改变。但事情复杂就复杂在这里,世界确实又在不断地改变,文学又确实在发生着变化,文学的评价标准又确实需要不断地调整。李敬泽作为一名编辑,同时又是一个批评家,他在这方面当有更深切的感受。我注意到他近期的批评,在关注小说发展的可能性的同时,又在不断强调文学的标准,文学写作的基本规律,文学与时代之间不可割舍的联系;强调小说创作要穿越个人存在的黑暗背景,抵达一个可以共享的公共空间。只有在面对大量具体的文本的时候,你才会感到他的这些批评其实是有的放矢。

我们每个人都有着繁复的黑暗背景,不管你是身处绣楼、城楼,还是桃花源中的小木屋。个人的欲望或可穿透这个背景,但更多的时候你其实又加重了这个背景,使之在繁复之中又添暧昧。在如今的现实中,高眼慈心就具有了特别的净化意义。

2003 年 4 月 9 日于郑州

梁鸿之鸿

　　这题目模仿的是梁鸿的最新长篇小说《梁光正的光》。鸿者，大雁也。选择一个名字，就是选择一种命运。如果连续两次选择一个名字，那就是认定了一种命运。梁鸿原名梁海青。海青，也是一种大鸟。李白诗云：翩翩舞广袖，似鸟海东来。海青就是海东青，袭天鹅，搏鸡兔。因为天鹅以珠蚌为食，食蚌后藏珠于嗉囊，所以人们常常训练海东青捕捉天鹅，以取珍珠。有趣的是，大雁其实也属于天鹅。既是天鹅，又是捕捉天鹅的鸟，这两种身份被她统一到了一起。就写作而言，如今她既是作家，又是批评家。这样一只鸟，其翱翔的身影，岂是我这种在地面上行走的人能够描述的？我只能描述她留在地上的影子，所谓鸿影。

　　梁鸿，河南南阳人。南阳这个地方，是长江、黄河、淮河的自然分水岭，绵三山而带群湖，枕伏牛而登江汉，南秀北雄集于一身，千年文脉从未断过。张衡、张仲景、姜子牙、诸葛亮，都出在这个地方。现代以来,这地方出过的文人就可以编出几套文学大系。冯氏族出了多少文人? 冯友兰、冯沅君、冯宗璞,一门三杰。后来的姚雪垠、痖弦、张一弓、乔典运、二月河、田中禾、周大新、柳建伟、行者,也都出在这个地方。这些人各胜擅场,手中的家伙什都能做到极致。这个地方,出恐龙蛋,出汉画像砖。每出来一个人,就像孵出一只恐龙,海陆空并用;就像从画像砖上走出来一个人,长袖善舞。我每次去南阳,都感叹不已,觉得楚文化的遗韵在南阳保存得最好。惟楚有才,斯地为盛,首先说的应该是南阳。周大新经常说,南阳有个小盆地。这话也只有周大新说出来,才是那个味道。南阳是盆地不假,但周大新的潜台词是丰富的。盆地在文化学意义上,是很值得一说的,它既守成又开放。重要的是,盆地的人都有走出盆地的意识。走出来,再回头看,再带回去,进进出出就有点意思了。这个地方,猪圈上都贴着春联,那春联还都是自己家人写的。

十四五年前,我初识梁鸿时,知道她来自南阳,几句话谈下来,我就知道她以后必成著名作家。虽然她后来首先以批评家成名,但她以后会成为小说家的想法,我从来没有变过。我认识梁鸿时,梁鸿已经博士毕业,在中国青年政治学院教书。她的本科是自学的,先读了中师,接着到河南著名诗评家单占生门下读研,然后又到北师大读博,导师是著名鲁迅研究专家王富仁先生。她的博士论文做的是 20 世纪河南文学史研究,据说是听了王富仁先生的意见做了这个选题。博士毕业之后,她顺着原来的方向接着往下做,继续研究阎连科、周大新、刘震云,也包括我。她在阎连科作品上用功甚多,关于阎连科作品,她写了有几十万字的评论了吧?她现在的身份之一就是阎连科研究专家。十四五年前,我与阎连科住得很近。那个时候,"神实主义"作品已经发表,"神实主义理论"还没有诞生,我与阎连科交往甚密,几乎每周都要见面,而且不止一次。经阎连科介绍,我认识了梁鸿。这个机缘,我好像应该提到的。很快,我与梁鸿就以兄妹相称了。我还记得她当时的神情。当时我说什么话,她都要睁着一双大眼睛追问一句:真的吗?后来听说她生了孩子,这"真的吗"就轮到我来问了。我与阎连科在一个大热天曾按河南习俗去郑州看望他们母子,各提了一兜红皮鸡蛋。在我与梁鸿交往的十四五年时间里,我不断认识一些新朋友,也和一些老朋友慢慢失去了联系。其间的人和事,容我日后写回忆录时慢慢讲述。我只能说,那真是好一派江湖景象。脑子如果不清醒,还会以为真的是世间熙熙,天下攘攘。嗨,其实有什么呀,不过是风吹鸡蛋皮,哗啦哗啦响罢了。我需要多说一句的是,在这十四五年时间里,我与梁鸿还一直保持着当初的交往,两家人也时常见面。这当然首先说明梁鸿与她的夫君是个念旧的人。我或许也应该因此向如今已是杰出人物的梁鸿表示敬意。

大约在 2008 年,受《当代作家评论》主编林建法之邀,梁鸿曾与我做过系列对话。建法先生在文坛纵横捭阖几十年,什么人没见过,知人善任是他的强项。他让梁鸿来与我对话,当然是因为他觉得我们能碰撞出火花。当时,建法想出一套作家与批评家的对话丛书来着。那个对话,相当艰难。基本上是她在批判我,是恨铁不成钢的批判,再往前走半步就成了痛打落水狗。只是念在我脸皮薄的分儿上,她每次都咬紧嘴唇,悬崖勒马了,算是饶了我。当时,我们的文学观念差异甚大,当中似乎隔着一个王国,一只海东青似乎都飞不出它的疆域。这个对话,本来要做下去的,但好像只做了四次还是五次,就做不下去了。当然是我打了退堂鼓。后来多家出版社表示想结集出版,我都推掉了。近年看到一些评论家在谈到我的作品时,会引用其中的一些对话,想必他们也能看出我当时欲辩已忘言的窘迫。去年还是前年,梁鸿说她想接着再对话下去,那段时间我吓得电话都不敢接。或许是童年时代的阴影过于浓重,也可能是受王富仁先生影响,她对所谓的“苦难叙事”非常着迷——“着迷”这个词用到这里,应该是准确的。她认为,那里面有大爱,还辽阔,有俄罗斯白桦树式的中国白杨树,有滂沱的泪水。那个时候,她要是做诺贝尔奖评委,中国作家会有一大批人获奖,而且全是 20 世纪 50 年代出生的作家。而先锋文学里面有技巧,有虚无,以技巧包装虚无,里面却没东西,就是一包虚无或快活的空气。你这就知道,在她眼里,我写的那些小说根本就不算个事儿。当时我还在《莽原》兼职,曾约她写过一

213

篇关于朱文小说《磅、盎司和肉》的评论。我还记得她的评论题目叫《愤怒的颓废，强大的虚无》，她对朱文小说中的一个细节，好像是关于包肉的塑料袋的重量应该如何计算，有过精彩的分析，她认为，先锋作家与新生代作家关心的是那个塑料袋，是虚无的形式及其意义。我猜测，她关心的是什么呢？她的背景和立场可能自动地跑到那个卖肉的屠夫身上，她的目光会首先发现那个屠夫的不易。也就是说，她是天然地站在所谓的弱者一边，站在从土地里走出来的那些人一边，在石头和鸡蛋之间选择站在鸡蛋一边。做文学的，当然要站在鸡蛋一边。不过，石头和鸡蛋是会转化的。臭鸡蛋的力量是很大的，臭鸡蛋要是上冻了呢？要是石化了呢？石头要是烧成灰了呢？要是化为齑粉呢？我曾开玩笑说，就那个场景而言，买肉的"我"其实才是鸡蛋，那个屠夫才是石头。如果我没有记错，她也是从评论那篇小说开始，发现后来的作家的小说，偶尔还是可以翻一翻的。王富仁先生去世后，我看到一些怀念文章提到，王富仁先生总是对弟子们说，要了解不同作家的知识背景，要知道作家写作的不易，要知道大狗叫小狗也要叫，要知道吹拉弹唱各有其妙，不要轻易下断语，接话不要太快。梁鸿是不是因此对我这样的作家，也有了某种怜惜之情呢？可能吧。当然，当然喽，因为梁鸿的批评，我其实也开始反省自己的一些看法。这反省的结果是，我多年写不出一篇小说。不过，因为我与作为批评家的梁鸿之间一直保持着真实对话的习惯，所以我相信,这种对话以后可能促使我写出好作品。再后来,当梁鸿成为著名作家的时候,她也愿意把我想象成一个批评家,鼓励我对她的作品坦率地提出自己的意见。我提意见的时候,她总是说,说得再详细一点呗,你看你,吞吞吐吐的,再这样,不理你了。于是我就说,这个惊叹号,要是变为句号,似乎——好像——仿佛——效果更好,您说呢?这个人物与那个人物的关系,似乎还要说得再明白一点,因为不是所有读者都能理解您的苦心,您说呢?她每次都表示,好,我再想想。最后的结果往往是,人家并没有改动。虽然人家并没有改动,我后来却觉得不改动更好。

梁鸿的批评活动至今仍在继续,虽然数量少了,但影响却大了,影响大的主要依据是,很多作家会委婉地提醒别人,梁鸿都评论过我了,你还想怎么着?据说——也只能是据说了——对很多年轻作家而言,梁鸿评论到谁,差不多就相当于被摸顶了。从事梁鸿批评史研究的人可能会发现,梁鸿的批评文章,写得越来越复杂了,里面涉及的知识也越来越多了,一句话要分为正、反、正三段来说。我最初还以为,我的妹妹梁鸿都已经有了菩萨心肠了,后来才发现不是这样的。最根本的原因是,她现在越来越成为一个综合的写作者,多种文体一起上,不再是批评家梁鸿,而是罗兰·巴特所说的作家梁鸿。知识、经验和表达的冲突,使她越来越认识到了问题的复杂性,所以下笔如有鬼。吃过梨子和没吃过梨子,有时候还真的不一样,何况那梨子还都是她自己种的。

同时,她可能也越来越认识到,就文学批评而言,文学批评比较有意思的地方,除了在特殊的作家身上找到特殊的地方,下巴上有瘊子就说瘊子,屁股上有痔疮就说痔疮;还要在不那么特殊的作家身上,甚至在某些平庸的作家身上,去探究一个时代文学的某些基本范式。讨论人人都有啤酒肚,不见得就比讨论下巴上的某个特殊的瘊子意义要小。考虑到不少批评家都是一根筋,都是一条道走到黑,退休时候的文章还让人觉得是三十岁时候写的,好像还是为"三红一创"写下的注释,梁鸿做得足够好,我得点个赞。

我在前面是不是已经提到,梁鸿最早的兴趣其实不是当批评家。最初当上批评家,是因为她读了博士得写论文,后来也就骑驴就磨台写了下去。此身合是诗人未?细雨骑驴入剑门。既然剑门已入,梁鸿还是要写小说。从事 21 世纪非虚构研究的人或许不知道,目前为众人所知的《中国在梁庄》中的很多故事,最初实际上是要当作小说写的。我就曾多次听她讲过那些故事,活灵活现,纤毫毕至,她只是苦恼于它们如何以小说的形式呈现,苦恼于那些故事如何剪裁,如何形成一个整体成为一部长篇小说。在她那个时候的文学观念里,"整体性"是个正面的词,"碎片化"则是个负面的词。我不知道批评家是否注意到,《中国在梁庄》其实可以看成回忆性散文,差不多是当代酷烈版的《朝花夕拾》。田野考察那是在后面写《出梁庄记》时发展出来的。《中国在梁庄》作为非虚构的代表作,首先得益于李敬泽把它当作非虚构作品刊登出来。李敬泽当时或许是要把它当成药引子,好激活青年作家的神经,让他们去关注大历史中的变化。我想,梁鸿本人可能压根儿就没有想过,它究竟是虚构还是非虚构。梁鸿后来的短篇小说集《神圣家族》,其实也可以作如是观:没有人知道那是虚构还是非虚构。我个人可能倾向于认为,梁鸿所有关于梁庄的作品,都是以非虚构面目出现的虚构作品。不过,有一点是明确的,《中国在梁庄》强烈的写实风格,确实在中国引起了"非虚构"的浪潮,"梁庄"作为一个假托的地名,在后来也几乎与费孝通假托的那个"江村"齐名。至于好端端的"非虚构"后来越"浪"越"潮",那就是另外一回事了。

这篇文章开头提到的《梁光正的光》,是梁鸿的最新作品。关于这部作品,我要说的话已被梁鸿印到了书的封底,有兴趣的读者买了这部书就知道我是怎么说的。需要多说一句的是,因为《梁光正的光》,我对梁鸿才有了真正的了解,日后撰写文学词典,写到"梁鸿"这个词条,如果觉得材料不够,不妨直接从里面抄上几段。正是看了这部作品,我觉得梁鸿以前所有的作品,似乎都是在打扫外围,清理场地,为的是给《梁光正的光》腾出地方,好让梁光正利利索索出场。梁光正为什么有这么高的待遇?我曾对梁鸿说过,梁庄与江村一样,已是人类学意义上的村庄了,某种意义上梁庄就是这个时代的江村。费孝通在写江村时,天才地提炼出一个概念:差序格局。在《梁光正的光》一书中,梁鸿以作家的方式,讲述这个时代差序格局的变化。为此,她要从"父亲"入手,从近到远,看看这些人在这片土地上是如何生活的:他们生不如死,他们在爱中死,他们虽死犹生。这些人,这些熟悉的陌生人,就是我们的父兄。梁鸿以贫写困,以肉写灵,以农民来写国民,以芜杂抵达纯净。所以,我在这部书的新闻发布会上说,凡此种种,可能都会在当代小说史上留下长久的回声。

梁鸿,最后我再引一句苏轼的词送给你:谁见幽人独往来,缥缈孤鸿影。这种感受,你现在算是充分体验到了吧?还有,写完了这部长篇,鸿影将缥缈到何处,你想好了吗?

2017 年 12 月 26 日

毕飞宇二三事

五六年前在山东,我正在与朋友聊天,一个人耸着双肩走了进来。寸头,英气,警觉,又有点坏。朋友告诉我,此人就是毕飞宇。就是毕飞宇啊。语气由轻到重,略带责怪。那个时候,毕飞宇已经完成了《叙事》和《哺乳期的女人》。这两篇小说写的都是吃奶:前者是写祖孙三代吃奶,有奶是娘但又不是娘;后者单写一个孩子吃奶,有奶不是娘但又是娘。在以后的几天里,重要人物毕飞宇并不发言,他只是在别人发言的时候插话,点评,小结,抬杠。会后朋友们去登泰山,众人气喘吁吁之时,毕飞宇却健步如飞。榜样的力量是有限的,我们确实爬不动啊,喊着要休息,打尖。毕飞宇这时候突然卷起了裤腿,让我们看他腿肚上的肌肉——夜深人静时分,他一定喜欢在镜子面前寻找自己的胸大肌。他说,写小说的,没有好身体不行啊。

2001年,我从上海回来路过南京,和毕飞宇在秦淮河边喝茶。

其时毕飞宇的《玉米》已经发表，但尚无反响，或者说反响还仅限于口口相传。一谈起作品，毕飞宇脸上的笑就收尽了。他先让我说，尽管说。我说这篇小说最重要的意义，在于对小说叙事资源的检索和整合，有了！当时我正在重看《水浒传》。我这才知道，《水浒传》的作者施耐庵与毕飞宇是老乡，小老乡，都是兴化人。我顿时就熟悉了兴化文学史，而且可以打一百分，前有施耐庵，后有毕飞宇嘛。又谈到他的《玉秀》。我说，什么都好，就是名字没起好。玉米是中国大地上养命的植物，玉秀算什么呢？丫头的名字嘛。毕飞宇说，你怎么不早说？——这话不像是毕飞宇说的。果然，毕飞宇又补充了一句：她毕竟是我们玉米的妹妹。后来谈到了我的《花腔》，当时《花腔》尚未发表，他自然没能看到，我只能谈谈我的想法。毕飞宇一脸真诚，很吓人的样子，说，听着，你的想法若能完成一半，它就是一部杰作。

在以后的几年里，我多次听到他对《花腔》的赞美，公开的或私下的。"非典"过后，有一次毕飞宇住在我那里，翻起一本小说选，里面有《玉米》，也有《花腔》的选段。忽听他在床上"啪"的一声，我赶紧过去，问他有何吩咐。毕飞宇说，我看来看去，这里面还是《玉米》写得最好。——比"杰作"还好的小说是什么样子，大家知道了吧？

这几年，毕飞宇频频获奖，中国的奖，国外的奖，政府的奖，学会的奖。有奖就有毕飞宇，很有些无酒不成席的意思。最近一次鲁迅文学奖评选,据说他得的是全票。全票是什么概念?万众一心的意思呀。我如果说我没有想法,那就等于我不把自己当人了。但我后来听朋友讲,他很为李洱屡屡与奖项擦肩而过不解。终于有一天,接到他的电话,是来向我表示他的不解的。他顺便告诉我一件事。一次到外地去,一个评委对他讲,毕飞宇与李洱在评奖期间很是高风亮节。他一听就有意见了,因为毕飞宇的高风亮节他是知道的,李洱难道也会高风亮节吗?后来听了评委的讲述,他说他相信了。接下来,他说了一句毕飞宇式的话,就是他终于相信了,这世上还有和毕飞宇差不多的人。因为电话那头是毕飞宇,所以我有理由保持谦虚,我赶紧告诉他,不,不,不,我跟你差得太多了,因为你不是别人,你是谁,你是毕飞宇啊!

毕飞宇对我屡有教导。最近一次的教导是,李洱,你别写长篇了,要写中篇。不光要写,而且要写好,听见了吧,好好写,努力写好——好,你懂吗?“好”这个字,在毕飞宇的兴化背景里,是有特指的,意思是干净利落,一点不剩,还很有风度,总之是“好”。在《玉米》的结尾,玉米的丈夫郭主任,说的最后一个字就是“好”。我听出了他的意思,那就是要赤膊上阵,努力写出基本达到《玉米》水平的小说。他的很多教导,我都尽力落实,比如,他让我把长篇小说交给哪家出版社,我就乖乖照办。但是,毕飞宇啊,这一次你的希望大概又要落空了。落空就落空吧,反正到时候有个叫毕飞宇的人会安慰我。

2006 年 3 月 23 日

向宗仁发们致敬

1986 年的初夏,坐在华东师大文史楼前面的草坪上,仰望着天上的流云,我心中一片迷惘。那个时候,我已经开始了小说写作,但从未向编辑部投过稿子。我写作,只是因为我喜欢写作,喜欢用文字表达自己的迷惘。那种迷惘与古典诗词中的伤春和悲秋,愁绪和牢骚,并不完全相同。在上世纪 80 年代,也只有在上世纪 80 年代,几乎所有人都是进化论者,都认为今天肯定比昨天好,明天肯定会比今天好,甚至明天的"恶"也要比今天的"恶"更好,更有意义,更有价值。但是在面对"美好的未来"的时候,人们却往往会有一种奇怪的迷惘之感,那是一种身不由己的迷惘,不知道自己会以何种形式进入"美好的未来"当中,那种感觉就像一对童养媳夫妇,不知道如何度过自己的新婚之夜。

我记得格非从铁栅栏上跳了过来,跳进草坪,来到我的身边。他手中拿着一封信,信封上有"关东文学"的字样。格非把那封信再次掏了出来,让我分享他的幸福。那是宗仁发的一封信。宗仁发告诉他,他的中篇小说《没有人看见草生长》即将在《关东文学》上发表。在那个年代,发表一篇中篇小说是一个重大事件。当其时也,所有的刊物,无论是国家级刊物、省级刊物还是地级刊物,都把宝贵的篇幅留给了"右派文学"和"知青文学",用来满足他们巨大的倾诉欲望,亲爱的读者也都竖起耳朵,以聆听他们的倾诉。在我的记忆中,当时只有《收获》和《关东文学》敏感地意识到一种有别于"知青文学"和"寻根文学"的新的文学潮流,正在默默形成,并且即将洪波涌起。格非那篇引自帕斯捷尔纳克《日瓦戈医生》的小说的题目,其实具有某种象征意义,即没有人知道历史是如何形成的,就像没有人看见草生长。但宗仁发却敏锐地看到了草尖正如何钻出雪被,他看到了雪被下广阔的草原。当时,他不仅编发了格非的中篇处女作,而且编发了后来被称为第三代诗人的众多代表作品。就我的记忆所及,人们后来耳熟能详的第三代诗人的代表作品,几乎都是在当时的《关东文学》上发表的。如果我的记忆没错,我最初阅读到的唐晓渡、刘晓波、李劼、吴亮、朱大可等人的文章,也大都是在这份刊物上面。正是阅读了唐晓渡的那篇文章,我知道了奥威尔的《动物庄园》。多年之后,当我看到这部小说的时候,我脑子里首先想到的竟然是《关东文学》的封面:"关东文学"四个字印得很大,是金黄色的,而背景的图案却像是蜡染后的粗布,或者薄暮中的树皮,在精巧的布局中又透露出一种粗犷之美。

格非的幸福极大地感染了我,大约半年以后,我在写作毕业论文的间隙,完成了自己的第一篇短篇小说,名字叫《福音》。我写的是一个接生婆的故事,写这个接生婆如何将我接到人世。我想都没想,就直接寄给了《关东文学》。

我当然盼望着它能够发表,但我却知道这是一种奢望。没多久,我就毕业了,带着一腔的不情愿回到了河南。最初的忙乱过后,我又开始了写作。我把我的小说像鸽子一样放了出去,但它们飞走之后就再也没有消息。很多年之后,我看到叶兆言的一个说法,他说他最初投稿的时候,退稿信总是像鸽子一样准时地飞回来。我当时就想,叶兆言比我幸福,因为他还有机会再次看到那些鸽子。坦率地说,我当时对写作已经失去了信心。1987年冬天,我在毕业半年之后,又回了一趟上海。在上海,我意外地看到了一封信,是宗仁发寄给我的信,里面还有一份《关东文学》,上面刊登着我的那篇小说。宗仁发关切地询问,我毕业分到了哪里,是否还在写作。我立即体会到了一种前所未有的幸福,看到了文学的大门向我启开了一道缝隙。我心中感慨,宗仁发的来信才是真正的福音。我还记得,我当时领了七十五块钱的稿酬。对我来说,那称得上一笔巨款,一时间我都不知道怎么花了。如果没有宗仁发,我当时是否会中断写作,我还真是说不清楚。但从那以后,我又与宗仁发失去了联系。几年之后,我才知道他去了《作家》杂志社。

因为宗仁发的缘故，至今我的大部分短篇小说都是在《作家》上发表的。如果不是别的刊物逼得太急，我每写一篇短篇小说，最想投寄的编辑就是宗仁发，最想投寄的刊物就是《作家》。在我的心目中，宗仁发就是《作家》。这当然不会是我一个人的想法，因为我发现，当年在《关东文学》上发表作品的人，后来也都频频在《作家》上露面。其中的许多人，不管我后来与他们是否有所交往，我都非常关注。

这么说吧，我每次拿到《作家》，总是感到格外亲切，好像又同那些人相逢于故乡。

用通常的眼光看，文学编辑的最重要工作，就是审读稿件，然后迅速做出艺术上的判断，这篇稿子是否达到了发表水平。审读稿件是对编辑水平的根本性考量。一般来说，名家的稿子都会在水平线以上，编辑只需略加校对，就可以发稿。但如果一名编辑只编发名家的稿子，那么这位编辑很难说是一个成功的编辑，因为大多数名家业已形成的思维定式，往往使得他很难领风气之先。编辑工作最难也最有意义的地方在于，他从自然来稿中发现文学新人，发现并肯定文学新人的艺术特点，判断出他可能具备怎样的发展空间。毫无疑问，宗仁发就是这方面的高手，从先锋作家到新生代作家，再到出生于70年代的作家，宗仁发推出了一批又一批作家，并且敢于用"作品小辑"的方式，发表这位文学新人的多篇作品,以此使他浮出水面。

就我所知,十年前的毕飞宇、东西、张生、李冯、韩东、朱文,以及后来的棉棉、戴来、魏微等人,都在《作家》杂志上享受过此等待遇。而格非、余华、苏童等人,直到今天,也仍然经常在《作家》上出没。只要对中国年轻作家的成长经历稍有了解,你就会发现,现在业已"功成名就"的年轻作家,大都与《作家》杂志有着某种亲缘关系。翻看《作家》历年的目录,你可以得到一种最直观的感受,那就是,从上世纪80年代中后期到90年代末期,在十四五年的时间里,文学刊物的编辑对中国文学的发展起到了极大的推动作用。人们尽可以对这十几年的文学状况表示不满,但你很难想象,如果没有宗仁发、程永新、李敬泽等人的努力,文学状况又会是一种什么样的情形。

大概从四五年前开始,吴俊、黄发有、施战军等人开始涉猎中国文学期刊发展史的研究。我个人认为,这是一个非常有意义的工作。我相信这些研究,不只是对刊物编辑所做出的成绩的追认,而且有可能进入中国当代文化传播史的核心地带,有可能从另一个角度揭示出文学发展与中国社会变革之间的复杂关联。就文学期刊而言,《作家》与《收获》、《人民文学》显然是最有意思的研究对象。它涉及一系列复杂的关系:文学与主流意识形态的关系,主流作家与文学新人的关系,地缘政治意义上主流与边缘的关系,期刊与出版,期刊与市场的关系,等等。所有这些关系,都在相当程度上困扰并影响着人们的办刊思路。它最终意味着，要在中国做一个编辑，必须对各种关系做出艰难的应对。最近十来年，一些文学刊物之所以纷纷关张，自然是被这些难以言明的艰难给压垮了。

如果说得稍微具体一点，比如说，没有人可以否认，文学的基本价值之一，就是对主流意识形态的质疑。但在中国特殊的语境中，做到这一点却并不容易。我个人觉得这倒不仅是胆量问题。你必须对中国的现实有较为丰富的体认，才有能力提出某种自己的质疑。具体落实到写作层面，你还必须找到与这种质疑相对应的艺术形式。但不管怎么说，对作家而言，这还仅仅是写作者个人的事情。而一旦稿子送到编辑手中，编辑所承受的压力就会比写作者本人大得多。这一点，写作者本人恐怕难以体验。再比如说，《人民文学》《收获》《钟山》《花城》都编发具有先锋倾向的小说，但它们在编发某些稿子的时候所承受的压力又会有一些细微的差异，而这些细微的差异在一些特殊的时期又会突然被放大，好像转眼间从芒刺变为巨椽，之所以会有这些差异，重要的原因是刊物所处的地缘有所不同。又比如说，编辑既要靠编发名家的稿子，使读者产生起码的信赖感，又必须编发一定的文学新人的稿子，以保证自己的作者队伍后继有人，那么你又该如何把握其中的分寸呢？坦率地说，如果不是因为我后来也成了一名编辑，我确实很难参透这当中的微妙和种种苦处。而你每参透其中一分,你对宗仁发的尊重就增加一分。能将地处吉林的《作家》办到今天,还能一直保持着它的水准,还能源源不断地向中国文坛输送新人,并以此成为中国文学的一块重要绿地,这确实很不容易。

大约从上世纪 90 年代中期开始,出版社的编辑不再像以前那样,通过阅读文学期刊来发现作家和作品,然后再与作家签订出版合同。很多时候,他们干脆绕过刊物,直接与作家建立起联系。出版社编辑与期刊编辑对稿件的取舍,其实有很多不同,最大的不同当然是:出版社编辑更多地考虑作品的销量,而期刊编辑更多地考虑作品本身的质量;出版社编辑对中短篇小说几乎视而不见,现在即便是名家的中短篇小说集,也没有多少出版机会,而文学期刊却始终将中短篇小说作为重点稿件推出;出版社面对的是大众读者,而文学期刊的主要读者却是文学界人士和阅读品位较高的读者群。明白了这样一种状况,我们就会知道,即便在办刊越来越困难,期刊的销售量日渐下滑的今天,期刊对中国文学的贡献仍然不可或缺,说得再干脆一点,我甚至认为期刊对文学的贡献要大于出版社。

当媒体记者或者出版社的朋友们宣称,现在是出版时代而不是期刊时代的时候,我当然必须承认他们说出了一个基本事实。但是,另一个事实也有必要提出,那就是文学期刊实际上一直在为文学提供标准,提供了一个文学纵深,提供了一个考量文学真实发展状况的评判尺度。与宗仁发等人同时介入编辑活动,后来又离开期刊而进入出版系统的编辑,对此大概难以轻易否定。

正因为如此,我想,所有关心汉语写作的人,都必须向宗仁发们致敬。

2007 年 3 月 31 日

当学昕选择做一个文人

四年前,经由林建法先生介绍,我与学昕得以成为好朋友。那时候,张学昕已经出政坛。在从政和从文之间,他选择重新做一个文人。别人是学而优则仕,学昕是仕而优则"退",一直"退"到个人。

在一篇自序中,学昕曾经说到,在这个时代,文学是一种体现个体生命的个人修辞学。对学昕的这一看法,我深为认同。学昕的说法,也令我想起捷克作家伊凡·克里玛的一个观点:写作是一个人能够成为一个人的最重要的途径;正因为这个原因,许多有才华的人才将写作当成自己的终身职业。

当学昕放弃仕途,而把文学批评的写作当作自己的职业的时候,他其实是想通过写作来穿透社会和意识形态的限制、封闭和压抑,成为一个真正的个人。

从这个意义上,"退"不是退,而是进,一种面对困难的进。从学昕对批评对象的选择，我们大致可以看出他的趣味，他的"幽韵"。

学昕最早的批评文字，大都与先锋小说有关。20世纪90年代末，在先锋小说退潮之后，他的目光仍然被先锋小说细微和丰润的肌理所吸引。学昕不是一个容易被文学潮流所裹挟的人。他更愿意手持书卷，隔岸观火，然后描述和分析火焰的变幻莫测的形式感，还有它激荡的烟尘。

学昕至今用力甚多的，是对苏童小说的研究。毫无疑问，苏童一直是一个独具性灵的优秀作家。苏童的小说意象丰饶，气韵生动，你从中几乎看不到意识形态因素的干扰，它们几乎是以自己的意志在向前滑行。学昕对苏童小说的研究，其注意力也往往集中在小说的叙事美学方面，他探究苏童个人的气质与小说风格的关系，探究苏童小说的唯美倾向，探究苏童为何执着于短篇小说写作。他的许多阐发，苏童本人是如何看待的，我并不知道。但作为苏童小说的爱好者之一，我以为学昕的很多阐发称得上思入微茫。

但我更想说的是，学昕之所以选择苏童作为自己最重要的研究对象，是因为他本人的心性和苏童小说之间，有着一种微妙的同构关系。

不仅仅是对苏童，在相当长的时间内，学昕对当代小说的关注，也大多集中于小说对"非现实世界"的诗性描述方面。甚至对阎连科至为沉重的《日光流年》,学昕关注的也主要是小说的"寓言结构"。学昕对格非的《锦瑟》以及李冯早年的戏仿小说,也非常欣赏。因为,用他的话说,他在这些小说中发现了新的"审美形式结构"。

他认为这是个人经验、自由的虚构以及叙事策略的合谋,是一种"诗性生成"。

也正因为如此,我注意到学昕对叙事学研究大师华莱士·马丁非常推崇,而在华莱士看来:小说意味着词与物之前的错误联系,或者是对不存在之物的言及。华莱士的话当然很有道理:词与物从来不存在着对等关系,"词中之物"与"物"更不存在对等关系,否则"词"本身的价值和意义就将被取消。

任何一个人,只要他是从20世纪80年代中期开始关注文学变革的,都能从学昕的此类文章中,找到贴己的经验。80年代中期的文学变革,正是首先从"对不存在之物的言及"开始的,并由此为以后的中国小说提供了较为成熟的形式基础,我后来曾在一篇文章中称之为"物质基础"。而对这种"物质基础"的长期研究,使学昕可以轻易进入各类文本的内部。而深厚的学理背景和文学史意识,又使得他可以在"史"的维度上,对小说的价值和意义做出进一步评估。

就我有限的阅读而言,我以为《论当代小说创作中的唯美主义倾向》《多重叙事话语下的历史因缘》《唯美的叙述》可能都是当代文论中的重要篇章，尤其是前者。我自己觉得，它可能是苏童研究之外，学昕在文学批评方面的标志性成果。学昕梳理了中国现代文学以来的唯美主义传统，谈到唯美主义在现代中国语境中的特殊的传播方式，进而探讨了当代小说中的唯美主义倾向，以及这种倾向在贾平凹、马原、苏童、张承志等人作品中的不同表现方式。

　　作为一种文学潮流的唯美主义小说，早已作古，但具有唯美主义倾向的作品，作为一种潜流却一直存在于世。唯美主义小说大多带有某种诗性特征，是学昕说的那种"'非现实世界'的诗性描述"。唯美主义作品的最重要源头，就是王尔德的《莎乐美》。在王尔德那里，它体现为非理性主义和肉体崇拜。但王尔德在中国的传播，以及随后的中国式唯美主义作品的出现，却奇怪地具有了另外一种反传统的意义，它奇怪地成为启蒙文化和消费文化的混合物。远的暂且不说，20世纪90年代以后，中国式的唯美主义风格的作品，都在市场上获得了巨大成功，就是一个明显的例证。另外一个有趣的例证是，网络文学除了恶搞之外，也大都是唯美主义式的。当唯美主义不再是一个美学高地，而成为一个消费平台的时候，文学批评有必要对此做出适当的辨析。

　　所以我以为，学昕对中国式的唯美主义作品的研究，其实很有可能涉及了在中国非常复杂的语境中，中国小说所面临的困境和诱惑，以及调整的必要。

在一篇文章中,学昕在谈到自己的文学批评时,有个夫子自道:我从不奢望文学或是批评能即时性地解决现实或个人的尴尬处境,可我相信,文学会建立大于一切物质存在的宽阔和自由,她从黑暗的坚硬存在中磨砺出耀眼的火光,显示出她的神奇。所以,她既不是摆设也不是附庸,而是一种真正的心灵的到达。

我以为,学昕首先道出了文学和文学批评的有限性,同时学昕的理想主义情怀也在此暴露无遗,因为他认为文学将建立大于物质存在的自由。相比而言,我可能没有学昕这么自信。但我对学昕所提到的"到达"一说,非常认同。无论是文学还是批评,我们都处于途中,我们的文字既是对抵达之途的呈现,也是对抵达之谜的探究。从某种意义上说,我更愿意把这看成是一种宿命。只要你选择做一个文人,做一个个人,你就永远处于途中。

当我这么说的时候,我仿佛看到学昕端起了酒杯。学昕说:老弟,处于途中有什么不好?永远处于途中,就是一种理想主义的生存方式。没错!我承认,永远处于途中,也确实是一种幸福。

我所认识的批评家,大多比小说家更能喝酒。个中道理,我想不清楚。有一位朋友说,这说明批评家比小说家更有诗人气质和激情,更豪爽,更有热肠。这话是否对路,我也想不清楚。

不过我知道这话用到学昕身上,是再合适不过了。我们每次喝酒,他都得照顾我,不然我会醉得不省人事。而学昕,却能在喝酒之后照样坐而论道,谈论当前小说创作的得失,谈论朋友们的近作有何新意。那个时候的学昕，真是可爱极了。

去年整整一年，因为家里有人生病，我在北京和河南两地奔波，心情极为焦虑，几乎只字未写。有一次在书店，我几乎昏倒在地。那段时间，学昕经常打来电话安慰，让我感动不已。学昕是个念旧的人，当文学圈越来越成为一个名利场的时候，我为有学昕这样的朋友而感动、宽慰。

与学昕交往的作家，有很多是我的朋友。如果哪天学昕向你介绍一个新朋友，你最好也把那个人认成朋友，我保证你没错。在这个时代，作为一个文人，既没有多少利益可供分享，也没有什么山林可供归隐，剩下的也就只有友情可供追忆了，也只有友情可以使我们在保持个人性的同时，不至于感到凄清和无援。

北京昨日大雪，学昕远在更北的东北，那里一定也是大雪纷飞。"雪夜围炉"是古时文人友情的重要象征，我们无炉可围，我只能写下这篇短文，作为学昕文章的札记，也作为对文人之间友情的纪念。

2007 年 1 月 2 日

说邠筐

　　小说家与诗人的关系很奇怪。

　　一般读者常常把他们放到一个锅里煮,但他们自己知道,他们是两种人。通常情况下,诗人觉得小说家废话连篇,一句话可以说完的事情,却非要唠叨个没完。他们觉得自己是在炼丹,小说家不过是在烧炭。而小说家对诗人却往往是尊重的。我知道有些小说家对诗歌的阅读量,超过了不少诗人对同行作品的阅读量。不过,对于诗人的处世方式,小说家又常常有点发怵。他们嘴上有毛,却办事不牢。他说是炼丹,却常常把自己给烧了,烧成了炭。要是你碰巧待在他的炼丹炉旁边,哎呀呀,那你很可能连炭都当不成了,直接变成灰了。

　　例子太多了,我就不列举了。

　　并非完全出于明哲保身,实际上也是出于对诗人的尊重,我给自己订了一条规矩,那就是绝不写与诗人有关的文章。我当然也认识一些诗人,有的还算过往甚密,但我告诉自己,不是迫不得已,千万不要对诗人或者诗歌发言。我掐指算了一下,迄今为止,我只参加过两次与诗人有关的活动。一次是参加张枣随笔集的研讨,一次是参加与阿多尼斯的对话。张枣已经死了,活着的人好像还没有人愿意亲自跑一趟给他捎话,所以你即便说不到点子上,他也不会笑话你。阿多尼斯嘛,德高望重,听力好像也不是很好,又听不懂汉语,你说什么他都不会在意——哦,想起来,尽管如此,快轮到我发言时,我还是躲进厕所抽烟去了。

但是,例外的情况总还是有的。现在我就遇到了一个,那就是谈论诗人邰筐。

给诗人邰筐写印象记,我一点也没有顾虑。他知道我不懂诗,充其量只是一个诗歌粉丝,但还是愿意让我来写他,这说明什么?我想,这首先说明了他的自信,说明他知道自己经得起误读。一个经得起误读的诗人,才是大诗人啊。博尔赫斯有一句名言,伟大的作家都是经得起误读的。不管人们怎么误读托尔斯泰,托尔斯泰都是一个伟大作家。邰筐是不是能够排在当代最好的诗人的行列,我没有能力做出判断,但他敢把自己交给一个不懂诗的人来写,说明他已经具备了一个大诗人的自信。

我与邰筐的相识,纯属偶然。几年前,我因家中有病人,急得上火。这时候朋友向我推荐了邰筐。邰筐当时已经出任《方圆》杂志社的首席记者。也就是说,我是先认识记者邰筐,后认识诗人邰筐的。这时候我才发现,我与邰筐有许多共同的朋友。在家人看病的过程中,我充分认识到邰筐的正直、善解人意和好义。我随后也知道,作为检察院系统的一个著名记者,他所面对的凶险非我们所能想象,不过他每次都能化险为夷。读到邰筐的诗,已经是后来的事了。不知道是不是先入为主的原因,我一下子就喜欢上了他的诗。读他的诗歌,部分地修正了我对他的看法,因为诗歌中的邰筐是一个内心纤细的人,在他冷静的外表下,血液在沸腾,驿动的心无限敏感,又充满着男人的自尊。他有担当,也有隐忍。他的抒情是用反讽的形式表达出来的,或者说是通过反抒情的自我书写来达到抒情的效果。因为写诗,他有过一些弥足珍贵的幸福瞬间;又因为写诗,他悲剧性体会到现实与理想之间存在的那个永远无法填满的鸿沟。

在接触到邰筐之前,我认识的诗人绝大多数都曾经是上世纪80年代的大学才子。直到今天,只要他们走在街上,我差不多还是一眼就能够认出他们与别人的不同。当然了,与80年代相比,他们的容貌和气质都有了很多变化,但那种变化也是大学才子的变化,你只要在其中加入必要的时代参数,都可算出他们会变成什么样子。坦率地说,我认识的诗人当中,像邰筐这样的诗人几乎绝无仅有。他是从田野中走出来的诗人,他不得不以旁观者的身份深入城市,在这个过程中他又比城市的原住民更深地介入城市。但在他的身上,你却没有看到一点被异化的征兆。日常生活中的邰筐，实在太正常了。如果用诗人的惯常标准来看，他正常得都有点反常了。比如，他永远是准时的，办事永远是靠谱的，为人处世永远是包容的。他怎么一点都不极端，一点都不作秀。他的朴素和谦恭，莫非就来自山东那片土地的滋养？

有一天，为理想谋也为稻粱谋的诗人邰筐，爬上国贸大厦的顶端眺望日落。他看到夕阳像金色的大鸟，正向远处的群山栖落。接着他看到了什么？他看到挤公共汽车的王羲之，看到了在药材批发市场忙碌的孙思邈，看到了在临沂小商品市场扫货的美国佬，最后他看到了在故乡家中招待客人吃饺子的妻子。这一刻，我认为，我好像读懂了邰筐。

2016 年

沁河的水声

　　我常在小说中提到一个叫枋口的地方,那其实就是我的故乡。枋口的意思是说,它是运河的源头。远在秦代,人们就从沁河引水灌溉农田,到了明代,已经有五条运河发源于此。所以,枋口后来被称为五龙口。在我的童年时代,沁河烟波浩渺,即便是在梦中,我也能听见波浪翻滚的声音。我的笔名李洱中的“洱”字,指的就是我时刻都能听见水声,它诉说着我对故乡的赤子深情。

　　能在这样的地方开始人生之旅,或许是我的幸运。但对我后来的写作来说,我觉得更幸运的是我遇到了一位优秀的语文老师,她名叫田桂兰。迄今为止,她是教我时间最长的老师。我所认识的字,绝大多数是她教会的。应该说,我作品中的每个字里面,都有她付出的心血。在我对少年往事的回忆中,田老师的身影总是会清晰地浮现出来。那时候她新婚不久,留着两根长辫,有着少妇的美丽、聪慧和热忱。她常常把学生们带到沁河岸边上课。现在回想起来，与其说她是在上课，不如说她是在放羊。她讲课时的神态，她因为我调皮捣蛋而生气的样子，她称汉语拼音为"学习生字的拐杖"的比喻，我都还清晰地记得。

我最早的阅读，就是在她引导下对自然的阅读。河岸上盛开的梨花，蒲公英洁白的飞絮，校园里苹果树上的绿叶，院墙之外高耸入云的山峦，天上像羊群那样缓缓飘过的云朵，都是我们的语文课本。我对文字最初的敏感，对世界最初的体认，很多都来自田老师的引导和培育。田老师现在已经退休了，皓发如雪，但每次看到过去的学生，她的双眸都会闪亮如初。在田老师面前，我常常感到自己又回到了童年和少年时代。穿过时光的重重雾霭，我仿佛看到自己还拽着田老师的衣角，在语言的小径上小心翼翼地迈着步子，磕磕绊绊地学着怎样表达对世界的感受。

和许多人不同的是，我上中学时的语文教师正好是我的父亲。父亲在青年时代也做过写作梦，但是生活中的许多变故，打消了他的这个念头。尽管如此，对文学作品的关注，他一直持续到今天。父亲的语文教学在我们当地是很有名的，后来他到济源一中任教，所带班级的语文成绩也总是全校最好的。不过，虽然父亲是一个语文教师，当初也没有想过要把我培养成一个作家。我上小学的时候，他想让我成为一个画家，为此他还专门请过济源豫剧团里一个画布景的人教我学画。那个男人留着当时少见的长发——用现在的话来说,就是另类。我记得他曾演过革命样板戏《杜鹃山》里的温其久。当时的沁河公路大桥和沁河上的焦枝铁路大桥,是我的主要描摹对象。歪打正着地,学画经历可能对我的形象思维能力的培养起过作用。

记忆中,父亲很注重学生的课外阅读量。每到假期,他总会在黑板上写下一大片阅读书目。在当时,这应该说是个创举。父亲常说,学生的语文学得好,不是在课堂上学好的,而是课外看闲书看出来的。遗憾的是,那时候可供学生看的课外书少得可怜。印象中,父亲对赵树理和老舍推崇备至,认为他们是真正的语言大师。那时候,我家里有一本翻得很烂的《红楼梦》,可我对它一点也不感兴趣。当时,我的本家叔叔李清岩也在学校教书,教的也是语文。从他那里,我看到了《红岩》和《三千里江山》,后来又看到了《第二次握手》。我曾听他讲过《红岩》,他的讲述极为生动,扣人心弦,我听得如痴似醉。现在的中学生,远比我们当时幸运,因为他们可以看到更多、更优秀的作品。而在我的童年和少年时代,一块烤红薯往往就被孩子们当成最好的晚餐。

几年后,我上了大学,当我发表第一篇小说的时候,我知道自己的一生已经交给了文学。童年和少年时期朦胧的梦想,此时已经变得那么具体了。对我来说,当我写到那些我喜爱的人物,我的心会与他们一起跳动;当我写到那些不幸的事情,我常常忍不住黯然神伤。在这个时候,别人的幸福往往就成了我的幸福,别人的不幸也成了我的不幸。而那万千情愁之中，有多少是来自童年和少年时代的悄悄孕育，岂是我自己的一篇短文能够说清。

2008 年 10 月

唐山牌抽水马桶

　　我的朋友栾平,有一天打来电话,说他已经分到了房子,结婚证也领了,近期准备把婚礼给办了。这真是个好消息,我连忙表示祝贺并请他一旦定下了婚期,就及时通知我,好让我提前把时间安排一下。我这么说,是因为我的妻子正在外地求学,过节的时候我们习惯待在一起。如果栾平把婚期也安排在某个节日,那么时间上就可能有冲突。栾平说那当然。他还开了句玩笑,说他正等着收我的贺礼呢。放下电话,我就给妻子打了个电话,商量着该给栾平准备多少贺礼。妻子的想法和我一样,给双倍。意思是说,我们结婚的时候,栾平送了多少贺礼,我们现在就加倍送给人家。我们刚商量完,电话又响了,还是栾平。他说,刚才一提到结婚,他反倒把正经事给忘了,他本来是要询问有关装修事宜的。几年前,我分到房子以后,曾做过一次简单的装修。为此,我还写过一篇小说叫《遭遇》,里面的故事自然都是虚构的,但故事中有关装修的段落，却部分地来自我的亲身体验。栾平是否看到过那篇小说，我不得而知，但他倒是看过我装修过的房子。我记得，那次他和女朋友来的时候，对我的房间赞不绝口。这当然不值得我在意，因为那是井底之蛙的称赞。我自己就有这种体验。在我搬进新居之前，我对所有装修过的房子一律称羡不已，并且都是发自内心。但等我装修过之后，我就觉得原先备受我称赞的房子，其实不过尔尔。而且更要命的是，自己的房子刚刚装修完毕，我就对它表示不满了，因为我已经发现，其实还有更漂亮、更合理的装修方案。

我把自己的教训告诉了栾平，提醒他可以多看几家，免得到时候后悔。没想到，他对我说，他基本上已经装修完了，铺的是木地板，门和暖气片都已经包上了，也吊了顶，虽然住的是七楼，但他还是在窗户外面增设了防盗网。他说，现在就剩下厕所还没有装修，不过方案已经有了，只是因为装修的师傅回去处理丧事了，事情才被耽搁了下来。他说，只有一个小问题想和我讨论一下，就是用什么样的抽水马桶比较方便，坐式方便呢，还是蹲式方便？如果是坐式方便，那什么牌子的用起来效果最好？我告诉他，据我所知，唐山牌抽水马桶下水比较快。我是一个比较谨慎的人，临了还提醒他，这事你最好和女朋友多商量，因为你们两人用得最多。

我现在还记得他最后的那句话。他说，不就是个拉屎撒尿的玩意儿嘛,就这么定了算了。如果我没有理解错的话,他的意思是说,他这就准备去买唐山牌抽水马桶。放下电话,我也就把这事给忘了,可我没有想到,后来又发生的诸多变故,竟然都与马桶有关。关于那些变故,我曾经想写一篇小说。但我没有拿真人真事写小说的习惯,因为一旦写起来,就免不了要添油加醋,搞不好会让朋友觉得不舒服。而让朋友不舒服,对我来说,是天大的罪过。所以这篇小说就一直没有动笔。现在我来写这事,仍然有一点心理负担,不过,我已经事先给栾平打了招呼,说我准备把你买马桶的事写到一篇短文里,当然不会用你的名字,也不会用她的名字。我还主动提起稿费下来之后,我要请他喝酒。他同意了。他问我准备给他起个什么名字,我说栾平怎么样? 他笑了,说他小时候最喜欢模仿的人物,就是《智取威虎山》里的栾平。我告诉他,不光是他,好多人都喜欢模仿栾平,其中也包括我。其实,我们当时喜欢模仿的对象可不止栾平一个,还有龟山、龟田、座山雕、温其久、王连举、刁德一、胡汉三,等等。所以,如果你把这篇文章中的“栾平”换成上述人物中的任何一位,这个与抽水马桶有关的故事仍然能够成立。哦,想起来了,换成龟田、龟山似乎稍有不适,因为日本人用的马桶一定不是唐山牌的。

　　就在通过电话的第二天,我和栾平的一个共同的朋友从洛阳来到了郑州。我自然把栾平分房、结婚的事告诉了对方。洛阳的朋友也是刚刚装修过房子,他说他有必要把一些经验和教训说给栾平,还说洛阳的装修材料比郑州便宜,如果栾平需要,他可以找辆车把东西送过来。我说,这就不需要你操心了,因为栾平基本上已经装修完了,现在只剩下了厕所。对方突然拍了拍大腿,说,对,就是厕所,这里面的学问大着呢! 这位朋友已经进过我家的厕所了,这会儿他又以专家的身份再次光顾。他果然发现了一些毛病,比如暖气片应该挪一下位置,最好是安到墙上,然后用耐温的什么什么材料把它装起来,这样厕所的空间就可以大一些。他本来是个粗枝大叶的人,但这会儿却格外细心,从喷水龙头的选择,到水管的走位,他都有一套高见。然后,他再一次褪下半截裤子,将屁股放到坐便器上面,并来回移动,测试着上面软垫的硬度、温度,以及光溜程度。与此同时,他的一系列专业性很强的术语脱口而出,从而彻底消灭了我残存的那一点自豪感。他还建议我干脆将厕所的一堵墙打掉,再腾出一点空间,然后增添一套冲浪设施。他说,下次到洛阳,你一定要去我那里享受一下,我和你嫂子在里面做过几次(爱),那真是风助火势,妙不可言。说到这里,他提上了裤子。但就在这个时候,他像狗吃屎一样,突然把脑袋埋向了坐便器,嗅了起来。你这是什么牌子的? 下水好像不太利(落)吧? 我告诉他,是唐山牌的。唐山牌的? 你怎么能用唐山牌呢? 什么钱都花了,还在乎这一点小钱? 赶快砸掉。接着他就描述起了他的坐便器,说他家的宝贝放水的时候,水运动起来是非常好看的,再粗的粪便都能一一化解,先是像油茶似的慢慢下去,然后呢,再来一股股清泉,将里面冲得像消毒柜一样干净。当我告诉他,我已经向栾平建议买这个牌子的抽水马桶的时候,他用食指戳着我的胸脯说,你呀,你! 接下来,他命令我赶快带他去见栾平,以提醒老栾不要上我的当。当他围着围巾出门的时候,他用祈祷的语气说,老栾啊老栾,你可不能像李洱一样糊涂呀。虽然他说我是个糊涂蛋,但看见他那样真诚地为朋友考虑,我还是不能不感动。

如果我现在写的是一部小说,那么我或许会把这位热心的朋友写成装修工。比如,我可以写他和我一样以前也是教书的,后来跳槽了,到一家公司做副手,赚了些钱,然后就单干了,成了一家装修公司的小老板。现在之所以如此热心,无非想趁机做成一笔生意。这样写还是有社会依据的,我就常听人说,现在做生意的,坑的就是熟人。前两年的传销热,热的就是坑熟人。我还可以把他写成一个穷光蛋,写他实际上没有房子,住的还是单身宿舍,或者住在岳父母家,每天看老婆的脸色行事,为中国式女权主义的发展,做出了自己应有的贡献。这两种写法都有戏可挖。保不准哪一天我就把这样的情节写进了小说。但我眼下不是在写小说,所以我只能实话实说,他现在在洛阳的一家报社工作。他这次来郑州,是想通过我联系几个作家朋友,为他的报纸写专栏,稿费从优。当然,具体优到什么地步,他是只字不提。在去找栾平的路上,除了谈抽水马桶,他谈的就是专栏。

我们来之前,给栾平打了电话,但是到了栾平所在的经五路,却没能看到栾平的影子。我又打了一次栾平的手机,但绝对没想到,我遭到的是一顿臭骂,大意是你要滚就滚得远远的。我连忙掐断了电话,捂着肚子笑起来。接电话的是个女的,无疑是栾平的未婚妻,或者说是法律所认可的栾妻。她一定把我的声音听成栾平的了。洛阳的朋友被我的笑弄得莫名其妙,同时也兴趣倍增,急切地问我到底遇到了什么好玩的事。这时,我听到了一声喊,原来是栾平到了。他和洛阳的朋友拥抱完毕,转过头对我说:你嫂子正想见你一面,讨论一下抽水马桶的问题呢。

我猜得没错,刚才接手机的确实是栾妻。她的脸形多少像蒙古人,有点宽,有点扁。我敢打保票,她的双眼皮是割出来的,这使得她的眼珠显得更小了。她的鼻梁大概也动过手术,当然是美容手术。她的发型属于哪一类,我搞不清楚,只是觉得有点像吊兰。这会儿,为了叙述的方便,我就干脆称她为吊兰算了。

吊兰反对使用坐式马桶。她的理由是,坐式不卫生,这个人的屁股刚一起来,那个人的屁股就放上去了,这种间接的肌肤相亲,让她觉得硌硬。"硌硬"是河南方言,意思是恶心、有心理障碍。她说,如果碰上一些人有尿不净的毛病,淅淅沥沥的,那就要把她硌硬死了。栾平说,哪有恁(那么)多人尿不净?他的分辩立即引火烧身了,吊兰说,你不就是尿不净吗?这一下,我和洛阳朋友都知道栾平是尿不净患者了。吊兰的这种说法并非毫无道理,

250

我立即想到,以后用坐便器的时候应该小心一点。那你说该怎么办? 要不,换成蹲式? 栾平问她。唐山牌抽水马桶已经在房间里放着了,栾平说话的时候,就用脚踢着那东西。

洛阳的朋友这时候插嘴了。他说,还是用坐式比较好。理由有二:一是蹲式已经过时了,二是用蹲式对老年人不利,老年人解完手站起来时,因为脑部供血问题,容易摔倒。就第二个理由,他还提到应该多替老人着想,不能娶了媳妇忘了娘。他的话一时提醒了栾平。栾平对吊兰说,你不是说想把你的父母接来住吗? 咱们还是多为两位老人考虑考虑吧。我的父母已经蹲了几十年了,也没见出过什么事,吊兰说。不过,话虽是这么讲,但她的口气已经缓和了许多。她还是说,希望换成蹲式。她又提出了一个新的理由,即用了坐便,不由自主会延长待在厕所里的时间,那样对身体不好。她的潜台词似乎是,用了蹲式就可以多快好省。

转眼间已经到了吃饭时间,栾平决定把这个问题拿到饭桌上讨论。栾平提议去东来顺吃火锅,但洛阳的朋友认为吃火锅费时。讨论的结果是吃烩面。这样也好,因为装修的两位民工需要的就是这种简朴有力的食品。栾妻没有随我们吃烩面,她去隔壁吃炒凉粉了。

我们简单地点了几个小菜,要了两瓶北京红星牌二锅头。洛阳的朋友这时极力鼓动栾平坚持己见,一定要用坐式。栾平笑了笑,说,真他妈怪了,一开始是我提议用蹲式的,因为原来房子里配的就是蹲式,不需要改动就可以用,可她非要换成坐式。等我把坐便器扛回来了,她却要用蹲式,这不是故意和老子抬杠吗?我问栾平,她当初为什么要用坐式?栾平说,她的理由是现在只有单位还用蹲式,家庭和宾馆用的都是坐式。至于她为什么来了个一百八十度大转弯,她的解释是,她刚刚看了一份报纸,有人因为解手而染上了性病,一般的性病还好说,要染上艾滋病,可就把小命搭上了。平时就你们两个人在家,染什么性病?要是有客来了,那把坐便器清洗干净不就行了?洛阳的朋友说。栾平搔着头说,我也不知道是怎么回事,平时她是个挺随和的人,这会儿偏偏在这种芝麻大的小事上斤斤计较。他说,他真的搞不清这是怎么回事。

唉,她要是小说中的人物就好了,那样我就可以把她的心理活动给编造出来了。比如,我可以狠狠心,虚构出她曾经得过性病或者她的某个亲戚朋友得过性病,以至她有点杯弓蛇影。安排栾平得一次性病也未尝不可。两个性病患者是在某个酒吧认识的(上世纪70年代女作家最擅长写这种把戏),然后像刺猬那样互相取暖,然后就开始谈婚论嫁。这样写虽然有点损,但是为了塑造出人物,什么招不能用啊?可我不能这样写,否则栾平会把我撕吃了。所以,栾妻的心理活动我至今搞不明白。

那一天我们从烩面馆出来的时候,栾平没有再上楼,他直接去沙口路的建材市场购买蹲便器去了。他刚上车,栾妻就出现了。她招呼我们到楼上坐坐。我和洛阳的朋友都说改天再坐吧。栾妻趁我们喝酒的时候，去做了一次头发。这会儿"吊兰"这个名字已经不适合她了。她的头发朝一边梳着，就像乌鸦的一只翅膀。她邀请我们在她大喜的日子里多喝两杯。我和洛阳的朋友都说一定一定。

我记得那天我还和洛阳的朋友商量了一下，该给栾平送什么结婚礼物。洛阳的朋友倾向于送钱，这和我不谋而合。他再次邀请我到洛阳去玩，看看他的抽水马桶。临分手的时候，他让我一定转告栾平，结婚日期一定下来，就通知他。那个时候，我和这位朋友都没有料到，我们的等待会变得遥遥无期，一直没能喝上栾平的喜酒。

不久前，我有事经过洛阳，按图索骥找到那位朋友时，他正在报社家属院的筒子楼里呼呼大睡，他的老婆正抱着孩子喂奶，小小的房间里都快找不到插脚的地方了。那种情景让我以为找错了地方。吃饭的时候，我才搞明白，当初他在郑州讲述的那番美景，其实都是海市蜃楼。不过，他确实差点分到了房子，只是他的孩子晚出生了一步，在分房的积分上少了一分。唉，要是那孩子早一点出生该有多好。换句话说，他要是提前几天让老婆怀孕该有多好。那样他不但能分到新房，而且积分还可以排到前面，有挑房的权利。据他说，独生子女的人口分占了三分。

我自然没能看到那个漂亮的抽水马桶，但据他老婆说，那个抽水马桶确实已经买好了,现在暂时放在她父母家里。朋友向我问起了栾平,责怪栾平何时结了婚他都不知道。我只好对他说,栾平和那个梳着乌鸦翅膀的女孩早就分手了。至于他们为什么分手,是否和马桶有关,我不得而知,自然也就无可奉告了。

2000 年

足球的文化救赎

河南，阴柔坚韧的母性

10月14日晚9点，建业冲超成功后几个小时，我给张宇发了一个短信，以一个球迷、一个河南球迷、一个普通的中国球迷的身份向他表示敬意。仅仅过了一分钟，他的回复就来了："老弟，多谢了。"张宇客气了，其实应该是我们感谢张宇，感谢张宇麾下的所有建业球员。所有建业人，你们不要谢天，不要谢地，也不要谢人，要谢也只谢自己。

张宇最喜欢引用已故乡土作家乔典运的一个说法。有人问，河南人是什么？乔典运说，河南人就是中国人他妈。有人再问，那他爹呢？乔典运就说，他爹在山西。中国人他爹是不是在山西，我不知道，但我又确实常常感到，河南人就是中国人的妈。中国人的所有毛病、所有优点，都集中体现在河南人身上。

也就是说，一种纯粹意义上的河南文化是没有的。但是，因为地理、历史和现实的原因，河南以及河南人又确实有一种区别于外省的文化特征。就我所知，不同的人从不同的侧面入手，都试图触及那个叫作河南文化的东西，尤其是河南的文人，他们就像苹果里的虫子，生于斯，长于斯，终其一生都试图拱进苹果的那个核，他们把那个核叫作河南文化。

我不妨先拿张宇来说事。张宇作为一个地道的河南文人，说着洛阳普通话，喝着信阳毛尖茶，穿着圆口布鞋，吃着河南烩面，小说写的也都是河南人的吃喝拉撒。他最有名的小说就叫《活鬼》。什么叫活鬼？就是在生活的大网中小心求活的人，经受着历史和现实的狂风暴雨，一开始活得好像没有一点出息，可是活着活着就活出了尊严，活出了悲壮，活出了男人气。现在文坛上已经没有多少人记得《活鬼》了，可是没有张宇《活鬼》在前，哪有余华的《活着》在后？

在河南有一个与张宇齐名的小说家叫李佩甫。几年前，李佩甫以一部《羊的门》声震海内外，在这部小说中，李佩甫也将河南人的性格概括为"在败中求生，在小处求活"。这说的就是河南人的母性了，一种阴柔坚韧的母性。张宇和李佩甫的前辈李準，一个给中国文坛贡献了李双双的人，对河南人也有一个说法。他说，河南人就是中游的黄河，看上去平铺直叙，但是它一高兴就要甩尾巴的,一甩尾巴就要造一块平原出来。

说到了这一步,说的就不单是河南了,而是以河南人为代表的中原人的性格,看上去好像温吞水,但是一旦激烈起来,那就是浊浪排空,要卷起千堆雪的。

建业队的文化救赎

但我必须承认,河南人性格当中还有一种自我消解的因素。在相当长的时间内,中国大地上到处流行着河南人的笑话。殊不知,所有这些笑话都是河南人自己创作,然后才传播出去的。拿自己开涮,这是河南人应对艰难时世的特殊方式。也就是说,河南人即便坏起来,也不具备外在的攻击性,他首先攻击的是自己的内心。

以足球为例,别说"甲 B 五鼠"了,即便有"甲 B 十鼠",其中也不会有建业队。不光建业队,你什么时候听到过河南乒乓球队、河南排球队打假球了? 很多情况下,河南人只要能够活着,就已经心满意足。人家骑马我骑驴,比上不足比下有余,只要能够活着,就是很多河南人非常满足的生活状态。"小处求活"说的不就是个"活"字吗?"活鬼"即便活成鬼了,说的不也还是个"活"字吗? 犯得着龇牙咧嘴破釜沉舟吗?

就如同前几年的建业队,很多年来,每年赛季初它可能会处

257

于三甲位置,但再过两个月,你无须查看积分榜,就知道它处于五六名的位置;而到赛季快结束时,无须去看积分榜,你也知道它要么是第七,要么是第八。好也好不到哪里去,差也差不到哪里去。在我看来,这正是河南文化在遭遇竞技体育的时候,最容易出现的问题。

但张宇改变了球队的这种恶习,在球队建设中剔除了这种河南文化的负面影响,以使它具备勇往直前的品格,一种不计后路只想前程的品格。所以我们才能够看到建业对舜天的压迫式进攻,这种进攻终于在九十二分钟时收到效果,提前两轮进入中超。毫不夸张地说,这其实不是一场简单的球赛,它实际上是建业队完成的一次文化救赎。

首先是地方球迷,其次才能是中国球迷

当我说,只有一个熟悉地域文化的人才能带好一支球队时,我知道有无数的反驳在等着我。米卢懂得中国文化吗? 米卢和沈祥福相比,和金志扬相比,和朱广沪相比,谁更懂得中国文化?哦,你还真把我问住了。没错,在对中国文化的细枝末节的理解上,米卢肯定比不过沈祥福,也比不过金志扬和朱广沪。但我要说的是,熟悉和理解是一回事,如何去掉地域文化中的消极因素,而将地域文化中的积极因素发扬光大,却是另一回事。米卢和中

国足协的冲突,实际上就是与中国文化中负面因素的冲突。米卢也从来不会像朱广沪那样,把毛剑卿要有几次传中球都规定好了。而什么都事先以表格的形式规定好,还以为自己已经学会了西方式的数字化管理,恰恰是当下中国文化当中最要不得的东西。当米卢以快乐足球的理念切入中国足球现实的时候,我以为他比任何一位中国教练和足协官员,都更快、更高、更强地熟悉了中国文化,他比谁都知道哪里才是我们的七寸。可惜,中国足协容不下米卢式的人物,中国足协只能容得下带着西方名字的中国教练。

在这方面,张宇与建业老板胡葆森的合作堪称美事。胡葆森是体制外的人,张宇虽然来自体制内,但他又是体制内少有的敢闯敢拼敢负责任,同时也善闯善拼善负责任的人。张宇上任伊始,就调整俱乐部的领导层,连胡葆森的嫡系也不能例外。我以为在这方面,胡葆森真正体现出了儒商的优雅和宽容,而张宇也没有浪费这份宽容。

在另一层面,张宇和主教练门文峰的关系,也有同样的内涵。张宇只管大事,不管小事。张宇不会像南勇那样冲进更衣室,利用中场休息时间向队员进行爱国主义教育,也不会像尹明善那样动不动就把球员的妈妈和媳妇请来,让她们协助看管队员。我记得在本赛季初,有一次我和张宇一起喝茶,门文峰的电话打了过来,问如何处理一名队员。张宇说,你处理完了告诉我就行了,然后接着喝茶。这件小事表面上体现了张宇举重若轻的性格,而实际上,是对主教练负责制的充分尊重。谁说秀才遇到兵,有理说不清?说不清首先是秀才的问题。

当我以一名河南球迷、一名中国球迷的身份写下这些话的时候,我预感到我会遭到一些人的嘲笑。就在前天,报纸上还在讨论黄健翔的解说。黄健翔甚至说,中巴之战耽误他睡觉了,耽误他送女儿上幼儿园了。对于越来越娱乐化的黄健翔来说,这样的说法虽然让人吃惊,但也并不过于让人吃惊。让我比较吃惊的是足协官员蔚少辉的说法,他拒绝到机场迎接从西亚归来的国足,理由是他丢不起这个人。和蔚少辉同样让我吃惊的是赵本山的说法,他说现在再谈足球就是"国耻"。看到了吧,一个人如果承认自己是中国球迷,他得冒多大的风险啊!都已经不是媚俗的问题了,不是有辱斯文的问题了,而是有没有人格和国格的问题了。但是,一个显见的事实是,只有当我们是中国某个地方球队的球迷的时候,我们才能说自己是中国球迷。同理,只有当我们是中国球迷的时候,我们才有资格说自己是意大利、英格兰或巴西的球迷。——我说错了吗?

中超征程即将展开,建业走好。

2006 年 10 月 28 日

一些事

那段日子里，只要母亲在北京，每天早上，我拎着饭盒打的到上地车站，乘地铁十三号线到西直门，然后步行五百米到北大人民医院。在那里，我强颜欢笑，与母亲聊天，或躲着母亲，在楼梯上与父亲商量下一步怎么办。十点钟，我再原路返回。到了下午五点钟左右，我再次来到病房。苦痛和无奈像铅水灌注于心头。母亲刚过六十岁生日，对我来说这过于残酷了。母亲生病期间，我每天谎话连篇：医生说，你今天比昨天好多了；以前的医生诊断错了，现在的医生说，你只是腹膜炎而已；你胖了；等等。我还给母亲讲笑话呢。对一个人最大的安慰，就是告诉他，有人比他还不幸，但这一点在母亲那里不能奏效。我只能给她讲笑话。我吃惊于我讲得越来越自然。她也给我讲笑话。我后来想到，母亲留给我的最大的遗产，除了承受力，大概就是讲笑话的能力。

母亲从未向我提出过什么要求。生病之后，母亲有一次对我说,她什么都放心,就是不放心我身边没有孩子。当时我和妻子已经决定不要孩子了。但那天,我回到家里,把母亲的话讲给了妻子。妻子说,那就赶紧生个孩子吧。我最大的安慰是母亲看到了这个孩子。母亲在一次化疗之前,坐在那里抱着孩子看了又看。她已经没有力气抱着孩子站起来了。我拍了很多照片,关于母亲和孩子。后来妻子把那些照片洗出来了,我赶紧把它们收藏起来。我不敢看那些照片。

　　积蓄终于要花光了。能报销的药是不管用的,管用的药是不能报销的,除非你有一定的级别,这是国家的规定。虽说在别人看来,家里也算小康,但转眼之间就堕入了困顿。向人开口借钱,需要极大的勇气。坐着晃荡的地铁,我揉着太阳穴在想,就跟那些曾向我借过钱的人张口吧。我想到了一个富人,有一年春节前,通过朋友找到我,向我借了十万元,为的是给闹事的员工发奖金。她承包的工程跟中国能源战略有关,涉及核电站呢。十万元对她来说实在不值一提,微如尘埃,以至她后来都忘了。一次在朋友的饭局上偶然见面了,她才突然想起来。那就向这个朋友借钱? 要是借十万元,是不是太露骨了,好像在提醒对方什么? 我就说能不能借五万。她正陪人在讲课,给员工上课,是国学课,说一会儿打电话过来。我没接到她的电话,接到的是她的短信。她说她很抱歉,手头的现钱都给国学大师们支付讲课费了。直到母亲去世,我再没有向人张口。

母亲生病之前,我正在写一部小说,已经写了十七万字。我在书房里贴了一张纸,很无厘头地写着:写长篇,迎奥运。2006年4月底,我背着电脑从写作间出来,在北大西门外面,有一辆车突然迎面驶来。我来不及躲闪,高喊一声:完了! 我被撞出了几米远。我清晰地听到了围过来的学生、民工、游客的谈话声:他还喊了一声"完了"……耳膜很疼,那种声音好像是从很远的地方飘来的。后来是我自己爬到了路边。那些学生、民工和来北大旅游的人吓得连连后退,好像我是幽灵。我摸摸自己的腿,好像还是自己的;拍拍自己的脸,好像还是自己的。司机并没有下车,副驾驶位置上还坐着一个人。我靠着马路牙子坐了一会儿,从车的后排下来了两个人。那两个人,目光非常生动,同时又非常冷静,令人想到"静默观照"这个词,这可是中国文化中的关键词。他们说,上车去,带你去医院。我没上车。上车之后,我还能不能活下来都是个问题。我还告诉自己,不要记住那个车牌号,免得徒增烦恼。当中隔了两天,弟弟打电话说母亲身体不适,但不要紧。我瘸着腿,连夜赶回济源。当时我还以为,几天之后我就可以坐回到书桌前的。

我们陪母亲从济源来到郑州,一待就是四个月。事情远比我预料的严重。我和弟弟们被击垮了。为母亲主刀的医生是托一个律师朋友找到的关系,那位律师朋友是医院的法律顾问。手术之前,我还是遵守了潜规则。在手术前的谈话中,医生对助手说,昨天晚上喝多了,一块瑞士手表丢到洗浴中心了。他说那个洗浴中心是多么好,多么好,进去就碰见一群"小妞儿"。他的讲述,令人想到《红楼梦》。带他去的,当然是病人家属。然后他拿出一张纸,让我在上面签字。那是法律文书,ABCD很多条,但总结起来就是一句话:如果手术失败,与医院无关。怎么可能与医院有关呢?那是你的命不好!我签字,我接受命运的安排。签字的时候,我把一个装钱的信封放到了桌子上。他只是用胳膊轻轻一拨,就把信封拨进了抽屉。可是,你遵守了潜规则,他们却不会遵守最起码的规则:他们连刀口都缝不好!由获得过各种荣誉勋章的医生缝合的伤口,让后来的众多医生目瞪口呆。

我接母亲来到北京,母亲在北京前前后后住了一年零三个月。先是寻求治疗方案,然后是化疗。一个化疗周期结束,休息了一个星期,母亲就急着回到河南。在家待上两个星期,我再把母亲接来北京。在北京,我去得最多的地方,除了西直门北大人民医院,就是东直门,那里有个退休中医,据说曾给宋庆龄看过病的。

父亲的头发很快就白完了,我的体重下降到一百零八斤。这个数字好啊:一百单八将,一将一斤而已。母亲坚持要回到济源,在济源的医院里又住了半年多。后来我常想,如果不去郑州,不去北京,母亲可能还会多活一年半载。我太相信昂贵的科学了,太相信过于昂贵的中国科学了,太相信世界上最昂贵的由中国的白衣天使们操持的西方医学了。但现在说这些,还有什么用?

我记得从山脚下挖出来的那些土,多么新鲜的土啊。从远古到今天,那些土从来没有人动过。土里竟然有贝壳,说明这里曾经是大海。沧海桑田经由母亲的骨殖,一下子变成了共时性存在。那些新鲜的土啊,它们的颜色有如煮熟的蛋黄。火化后的母亲变得很轻盈,缓缓落入墓穴深处。很快,那里将再次长满野草,荆花和野菊花将再次盛开,群蝶飞舞,好像一切都没有发生过。母亲头枕青山,长眠于此,而她脚下的那一小片空地,将是我的葬身之所。哦,母亲,总有一天我会到您这里来的,可您却再也不能到我这里来了。

有两年半的时间,我再没有打开过那台电脑。母亲死去三个月之后,当我试着去完成那部小说的时候,却怎么也找不到原来的语调了。有好长时间,我觉得世界上没有一种语调属于我。有时候我想,我可能会用一生的时间来寻找一种新的语调。那是一种怎样的语调呢?我想起在花鸟虫鱼市场上看到的一幕:卖金鱼的人把长了白毛的金鱼捞出来用水冲走,水顺着水磨石地面流向了门,可是那条金鱼却被门缝挡住了。挡住它的其实不是门缝,而是它鼓起的眼球和比身体还要宽阔的嘴巴。它还在观察,它的嘴巴还在一张一合地说着什么。它有着怎样的语调呢?如果另一条鱼看见了这一条鱼,它们应该有着怎样的语调呢?

母亲去世快两年了。只有一次,我梦见了母亲。我知道是母亲,竭力想看清楚,却怎么也看不清楚。看不清楚,我也不愿醒来。可我还是醒了。醒了以后,嗓子很疼。有几次,我梦见一个人正在原野上奔跑,正在爬树。他还是个顽皮的孩子呢。那个爬到树顶的孩子却突然倚着云端,开始思考什么叫生,什么叫死。一条蠕动的毛毛虫,一片被毛毛虫咬过的留下了月牙形痕迹的叶子,都会引发他无穷的思考,他眼圈很热。那个人是我吗? 不是我,那又是谁呢?

我不乐观。从 20 世纪走出来的中国人,怎么可能乐观呢? 但我也拒绝悲观。虽然母亲的死,使我从此置身于死神的有效射程之内,但我依然谨慎地保持着对人的美好愿望。我的手机里储存着一些短信,是朋友们在我最困难的日子里发来的。有一次手机丢了,我紧张坏了,好像是我被手机丢了。当我找回那部手机的时候,我赶紧打开收件箱,翻看那些短信。哦,在那一刻,我就像前面提到的那条鱼,它好像又回到了鱼缸中,并想象着桃花潭水。——嗨,不说了,不说了。

2010 年 7 月 13 日于北京

"小说家的散文"丛书

《出入山河》　　　　　　　李　锐　著

《青梅》　　　　　　　　　蒋　韵　著

《写给北中原的情书》　　　李佩甫　著

《星斗其文，赤子其人》　　汪曾祺　著

《熟悉的陌生人》　　　　　李　洱　著

《一唱三叹》　　　　　　　葛水平　著

《泡沫集》　　　　　　　　张　欣　著

《写给母亲》　　　　　　　贾平凹　著

《无论那是盛宴还是残局》　弋　舟　著

《已过万重山》　　　　　　周瑄璞　著

《众生》　　　　　　　　　金仁顺　著

《如果爱，如果不爱》　　　阿　袁　著

（以出版时间先后排序）

图书在版编目（CIP）数据

　　熟悉的陌生人／李洱著．—郑州：河南文艺出版社，2020.5
（2021.5 重印）
　　（小说家的散文）
　　ISBN 978-7-5559-0963-7

　　Ⅰ.①熟…　Ⅱ.①李…　Ⅲ.①散文集–中国–当代　Ⅳ.①
I267

中国版本图书馆 CIP 数据核字（2020）第 040539 号

熟悉的陌生人
SHUXI DE MOSHENG REN

选题策划	陈　静
编　　选	晓　尘
责任编辑	陈　静
书籍设计	刘婉君
责任校对	梁　晓
责任印制	陈少强

出版发行	河南文艺出版社
本社地址	郑州市郑东新区祥盛街 27 号 C 座 5 楼
邮政编码	450018
承印单位	河南瑞之光印刷股份有限公司
经销单位	新华书店
开　　本	787 毫米×1092 毫米　1/32
印　　张	8.75
字　　数	170 000
版　　次	2020 年 5 月第 1 版
印　　次	2021 年 5 月第 2 次印刷
定　　价	45.00 元